Alles Gute für
das neue Lebens
vor allem aber
Gesundheit!
Herzlichst
Joachim
10. 3. 2000

Diese Persönliche
Chronik ist für:
Uli
von
Joachim

Das Buch vom

10. März

Ein ganz besonderer Tag

... ein ganz besonderer Tag

Am »Tag der vierzig Ritter« gedenken die Gläubigen in aller Welt derjenigen, die als Märtyrer für ihren Glauben sterben mußten. Die Namenspatrone dieses Tages sind der schwedische Einsiedler Gustav und der irische Abt Ämilian.
Eine ganze Reihe weltbewegender Begebenheiten der Geschichte geschahen an einem 10. März:

1661 übernahm der »Sonnenkönig« Ludwig XIV. die Regierung in Frankreich.
1876 führte der Erfinder des Telefons, Alexander Graham Bell, das erste Telefongespräch der Welt.
1917 brach in Rußland die sog. Februarrevolution aus, die das Zarenreich stürzte.
1966 heirateten die niederländische Kronprinzessin Beatrix und der deutsche Diplomat Claus von Amsberg.
1990 eröffnete die deutsche Lufthansa AG die erste Direktfluglinie zwischen BRD und DDR.

Der 10. März hat auch berühmte Geburtstagskinder vorzuweisen. Dazu gehören der 1772 geborene deutsche Philosoph und Dichter Friedrich von Schlegel, der 1927 geborene Fußballtrainer Jupp Derwall und der amerikanische Rockmusiker Tom Scholz, der 1947 das Licht der Welt erblickte.

Im Zeichen der Fische

19. Februar bis 20. März

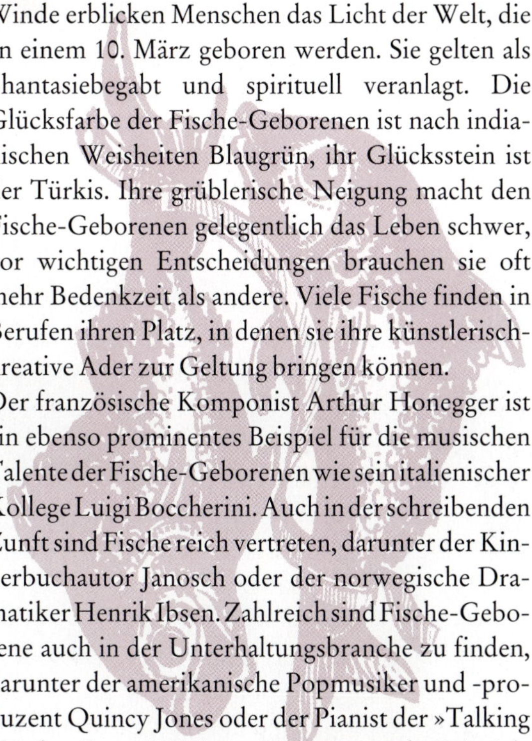

Im Sternzeichen der Fische, oder – nach indianischer Astrologie – im Mond der großen Winde erblicken Menschen das Licht der Welt, die an einem 10. März geboren werden. Sie gelten als phantasiebegabt und spirituell veranlagt. Die Glücksfarbe der Fische-Geborenen ist nach indianischen Weisheiten Blaugrün, ihr Glücksstein ist der Türkis. Ihre grüblerische Neigung macht den Fische-Geborenen gelegentlich das Leben schwer, vor wichtigen Entscheidungen brauchen sie oft mehr Bedenkzeit als andere. Viele Fische finden in Berufen ihren Platz, in denen sie ihre künstlerisch-kreative Ader zur Geltung bringen können.
Der französische Komponist Arthur Honegger ist ein ebenso prominentes Beispiel für die musischen Talente der Fische-Geborenen wie sein italienischer Kollege Luigi Boccherini. Auch in der schreibenden Zunft sind Fische reich vertreten, darunter der Kinderbuchautor Janosch oder der norwegische Dramatiker Henrik Ibsen. Zahlreich sind Fische-Geborene auch in der Unterhaltungsbranche zu finden, darunter der amerikanische Popmusiker und -produzent Quincy Jones oder der Pianist der »Talking Heads«, Jerry Harrison. Herausragende Beispiele aus Politik und Gesellschaft sind Claus Graf Schenk von Stauffenberg und Robert Havemann.

1900–1909

Highlights des Jahrzehnts

1900

- Weltausstellung in Paris
- Niederschlagung des Boxeraufstandes in China
- Uraufführung der Oper »Tosca« von Giacomo Puccini in Rom
- Probefahrt des ersten Zeppelins »LZ 1«

1901

- Die britische Königin Victoria stirbt
- Erste Nobelpreise verliehen
- Thomas Mann veröffentlicht die »Buddenbrooks«
- Mordattentat auf US-Präsident McKinley, Theodore Roosevelt wird Nachfolger

1902

- Beendigung des Burenkrieges in Südafrika
- Krönung Eduards VII. zum König von Großbritannien
- Inbetriebnahme der Transsibirischen Eisenbahn
- Kunstströmung »Jugendstil« auf dem Höhepunkt

1903

- Serbischer König Alexander I. ermordet
- Erste Tour de France
- Erster Motorflug der Brüder Wright
- Kampf der Suffragetten um das Frauenwahlrecht
- Margarethe Steiff präsentiert den »Teddy-Bären«

1904

- Hereroaufstand in Deutsch-Südwestafrika
- Beginn des Russisch-Japanischen Krieges
- Arthur Korn gelingt die erste Bildtelegraphie

1905

- Petersburger »Blutsonntag«
- Tangerbesuch Wilhelms II. führt zur Ersten Marokkokrise
- Albert Einstein entwickelt »Spezielle Relativitätstheorie«
- Künstlergemeinschaft »Die Brücke« wird gegründet

1906

- Revolutionäre Unruhen und erstes Parlament in Rußland
- Roald Amundsen duchfährt die Nordwestpassage
- Dreyfus-Affäre beigelegt
- Erdbeben verwüstet San Francisco

1907

- Pablo Picasso malt »Les Demoiselles d'Avignon« und begründet den Kubismus
- Erste Farbfotografien von Louis Jean Lumière

1908

- Ford baut Modell T (»Tin Lizzy«)
- Österreich-Ungarn annektiert Bosnien und Herzegowina
- Durchbruch der olympischen Idee bei Spielen in London
- 30 000 Jahre alte Statuette (Venus von Willendorf) gefunden

1909

- Robert E. Peary erreicht als erster Mensch den Nordpol
- Louis Blériot überfliegt den Ärmelkanal
- Unruhen in Persien: Schah Mohammed Ali dankt ab

◀ **Opernstar Enrico Caruso als Bajazzo an der New Yorker »Met« (1903)**

Samstag 10. März

Gesellschaft

Die Niederländer sind Ihrer Zeit voraus. Ein neues Gesetz führt die Schulpflicht ein. Danach sollen alle Kinder zumindest zum Besuch einer sechsjährigen Volksschule verpflichtet werden. Bislang gingen von 10 000 Kindern zwischen sechs und elf Jahren rund 1700 nicht zur Schule. In anderen europäischen Staaten, wie beispielsweise beim Nachbarn Belgien, wird die Schulpflicht erst 1915 eingeführt.

Gesellschaft

Ganz nach seinem Geschmack ist die Reise Kaiser Wilhelm II. mit Prinz Heinrich nach Wilhelmshaven, zur Vereidigung von Rekruten. In preußischer Tradition streng militärisch erzogen, begeistert sich der Kaiser für alles, was mit Heer und Flotte zu tun hat. Berühmt-berüchtigt ist seine Liebe zu Uniformen. Eine besondere Freude bereiten ihm gelegentlich ausländische Staatsoberhäupter, die ihm ein militärisches Ehrenamt »schenken« und damit seine Uniformsammlung vergrößern.

Wetter

Viel kühler als zu erwarten ist es im März 1900. Während der langjährige Mittelwert für den Monat bei 3,9 °C liegt, erreicht das Thermometer diesmal nur 1,7 °C im Schnitt.

1901

Sonntag 10. März

Sport

Frauen sitzen im selben Boot. In einem Berliner Vorort erblickt der erste deutsche Damen-Ruder-Club das Licht der Welt. Bei den mutigen Damen handelt es sich um drei gestandene Hebammen, die fortan regelmäßig auf der Spree »wanderrudern«. Ihr Beispiel macht Schule. Vielerorts werden sog. Amazonen-Flotten gegründet. Dennoch halten die »Herren der Schöpfung« das Ruder fest in der Hand. Noch bei der ersten Weltmeisterschaft 1962 treten ausschließlich Männer an.

Eine neue Sportart wird in Berlin vorgestellt. Auf Fahrrädern jagen zwei Sportler einem Ball hinterher. Um ihn ins Tor zu bugsieren, müssen sie in artistischer Höchstleistung das Vorder- oder Hinterrad des Gefährts einsetzen.

Gesellschaft

Spezialisten für Bäderkunde beraten in Berlin über die Behandlung von Asthma, Gicht und Tuberkulose. Als Therapie werden u.a. Sonnenbäder vorgeschlagen. Einige gehen sogar so weit, die umstrittene Freikörperkultur, FKK, zu propagieren, die für den Organismus besonders gesund sei.

Wetter

Der Frühling kündigt sich endlich an. Nach einem kalten Winter steigt das Thermometer im März auf Werte um 3,5 °C.

Montag 10. März

Politik

Die Klatschspalten der Zeitungen kennen heute nur ein Thema: Die Hochzeit des »schwierigen Charakters« Gustav Mahler und des »schönsten Mädchens von Wien«, Alma Schindler. Der 41jährige österreichische Komponist hatte Ende letzten Jahres die Verlobung mit der wesentlich jüngeren Alma bekannt gegeben. Trotz aller Gegensätze muß es Liebe auf den ersten Blick gewesen sein, denn Alma trennte sich, sofort nachdem sie Mahler kennengelernt hatte, von ihrem Lebensgefährten, dem Komponisten Zemlinsky.

Politik

Die Eisenbahner Italiens arbeiten wieder nach Plan und besser bezahlt. Nach Verhandlungen mit dem italienischen Innenminister Giolitti zogen sie ihre Streikdrohungen zurück. Er setzt sich nach der jahrelangen Unterdrückung der Arbeiter seit 1901 für ihre Rechte ein und erteilte den Gewerkschaften u.a. uneingeschränktes Streikrecht.

Wetter

Buchstäblich ins Wasser fällt der März in diesem Jahr. Der zu erwartende Niederschlag, der für den Monat bei 31 mm liegt, wird weit übertroffen: 75 mm geben die Wolken von sich.

Dienstag 10. März

Kultur

Gegen die strengen Sittengesetze verstoßen die Stadtväter von Hannover und erlauben eine Lesung aus dem Stück »Maria Magdalena« von Paul von Heyse. Die staatlichen Kontrolleure in Berlin hatten das Schauspiel erst kürzlich verboten, weil es einen Angriff auf die Religion darstelle. Gestützt auf ein Sittlichkeitsgesetz werden seit 1900 alle Bereiche der Kunst nach »Unzüchtigem« durchstöbert.

Ein Kurpfuscher taucht in London wieder auf. Der »Heilpraktiker« Nardenkötter wurde in Berlin wegen seiner teuren, aber wirkungslosen Therapien angeklagt, verschwand aber plötzlich aus dem Gerichtssaal.

Politik

Mit Waffengewalt fordern die nationalen Minderheiten in Makedonien ihre Unabhängigkeit vom Osmanischen Reich. Die Unruhen, die von Serbien und Bulgarien unterstützt werden, halten Jahre an. Nach den beiden Balkankriegen fällt Makedonien 1913 teils an Griechenland, teils an Serbien.

Wetter

Besonders schön ist der März in diesem Jahr. Die Temperaturen steigen auf 7,1 °C und liegen damit mehr als 3 °C über dem langjährigen Mittelwert für diesen Monat. Es fallen nur 15 mm Niederschlag.

Donnerstag 10. März

Politik

Studenten sorgen für Angst und Schrecken in der Doppelmonarchie Österreich-Ungarn. In Wien werden die Universitäten geschlossen, damit die seit zwei Tagen in Prag tobenden Studentenunruhen nicht auf Wien übergreifen. Die Jungakademiker kämpfen für die Unabhängigkeit der Tschechen, die 1918 Wirklichkeit wird.

Politik

»Linie ohne Bauch«: Das Korsett, ein modisches Muß für die elegante Frau

Linke Eisenbahner werden nach Angaben des preußischen Ministers für öffentliche Arbeit, Budde, entlassen. Die »ordnungsfeindliche« Einstellung der SPD sei in einem zentralen Bereich wie dem Bahndienst nicht akzeptabel. Seit rund zehn Jahren findet die SPD bei der Arbeiterschaft großen Zulauf. 1894 war sie mit 800 000 Mitgliedern bereits die größte Partei. Ihr Kampf für die Rechte der Arbeiter ist den Konservativen ein Dorn im Auge.

Wetter

Mit 4,1 °C recht mild ist es im März 1904. Es fallen nur 17 mm Niederschlag.

Freitag 10. März

Politik

Der sensationelle Sieg der Japaner im russisch-japanischen Krieg zeichnet sich ab. Die seit Februar andauernde Schlacht bei Mukden endet mit einer russischen Niederlage. Der 1904 ausgebrochene Krieg um die Vorherrschaft in Südostasien wird im September mit einem Friedensvertrag beendet. Als erste europäische Großmacht muß sich das Zarenreich der japanischen Stärke beugen und damit einen ungeheuren Imageverlust hinnehmen.

Gute Figur in Sakkoanzug und Wettermantel: Die Mode für den Herrn

Sport

Spitzentennis bot das Internationale Tennisturnier in Monte Carlo, das heute zu Ende geht. Die Konkurrenz der Herren gewinnt der dreimalige Wimbledon-Sieger Hugh L. Doherty gegen Herausforderer Ritchie. Der Brite Doherty zählt ebenso wie sein Bruder Reginald derzeit zu den besten Spielern der Welt.

Wetter

Feuchter und wärmer als gewöhnlich präsentiert sich der März 1905 mit 41 mm Niederschlag.

Samstag 10. März

Politik

Der in Verruf geratene Gouverneur von Kamerun, Jesko von Puttkamer, ist Gegenstand ausführlicher Zeitungsberichte. Aus der deutschen Kolonie in Afrika drangen Nachrichten über Mißhandlungen der einheimischen Bevölkerung nach Berlin. Die deutsche Kolonialherrschaft erweist sich auch in Südwest- und Ostafrika als äußerst brutal. Im Südwesten kämpfen deutsche Kolonialtruppen seit 1904 gegen Hereros und Hottentotten. Allein im ersten Jahr des Aufstand wurden 80 000 von ihnen getötet. In Ostafrika tobt seit letztem Jahr ein blutiger Kampf gegen die deutsche Fremdherrschaft.

Politik

Die blutigen Kirchenkrawalle in Frankreich gehen zu Ende. Der neue Ministerpräsident Fallières verspricht, die antikirchlichen Gesetze zurückzunehmen, die die extrem linke Vorgängerregierung erließ. Sie mußte wegen der Ausschreitungen zurücktreten.

Wetter

Regen macht den März 1906 unwirtlich. Während die monatliche Niederschlagsmenge im langjährigen Mittel 31 mm beträgt, fällt sie in diesem Jahr mit 68 mm mehr als doppelt so hoch aus.

1907

Sonntag 10. März

Gesellschaft

Erleichtert atmen die Bürger von Paris auf. Die Tage ohne Strom und die Nächte ohne Licht sind vorbei. Seit 8. März streikten die Arbeiter der Elektrizitätswerke, um höhere Pensionszahlungen zu erzwingen. Zwei Nächte hindurch versank die Metropole in Düsternis. Die Polizei mußte sich mit Notleuchten behelfen. Zahlreiche Betriebe mußten schließen. Schließlich gaben die Stadtväter nach.

Politik

Gegen die Forderungen der Industrie, die Sozialpolitik zu beenden, richtet sich Staatssekretär Posadowsky-Wehner in Berlin. Nach dem Zusammenbruch der Börse in New York steht auch Deutschland eine Wirtschaftskrise bevor. Posadowsky-Wehner strebt jedoch weiterhin den Zehnstundentag für Frauen an.

Stars der Jahre 1900–1909

Isadora Duncan
Tänzerin
Gustav Mahler
Komponist /Dirigent
Anna Pawlowa
Tänzerin
Sarah Bernhardt
Schauspielerin
Orville /Wilbur Wright
Flieger

Wetter

Einem ungewöhnlich harten Winter folgt im März 1907 ein mildes Frühlingserwachen, das mit Temperaturen um 4 °C den Schnee schmelzen läßt.

Dienstag 10. März

Gesellschaft

Ein tragischer Tod durch Nachahmung ereilt zwei Portugiesen. Während eines Karnevalsumzugs in Salsa stellen ein junger Mann und sein Vater die Erschießung des Königs nach. Dabei tötet der Sohn seinen Vater versehentlich. Anfang Februar wurde König Karl I. von Portugal zusammen mit Kronprinz Ludwig Philipp Opfer eines Attentats. Prinz Manuel, der jüngere Sohn des Monarchen, überlebte leicht verletzt und übernahm den Thron.

Politik

Auf das norwegische Königsschloß in Kristiania feuert ein 30jähriger Schwede mehrere Schüsse ab. Nach seiner Festnahme erklärt der Attentäter, er habe König Haakon VII. töten wollen. Norwegen brauche keinen König. Das Land gehörte bis 1905 faktisch zu Schweden. Haakon VII. bleibt von dem Attentat unbehelligt.

Rekorde 1900–1909

400 m: Maxey Long (USA) – 47,8 sec (1900)
Weitsprung: Peter O' Connor (IRL) – 7,61 m (1901)
Stabhochsprung: Walter Dray (USA) – 3,90 m (1908)
Kugelstoßen: R. Rose (USA) – 15,56 m (1909)

Wetter

Mittelmäßig ist der März 1908. Die Temperaturen liegen voll im langjährigen Schnitt von 3,9 °C, und es fallen 39 mm Niederschlag.

Mittwoch 10. März

Politik

Über ihre Anstrengungen im »Volkstumskampf« berichtet heute die sog. Ansiedlungskommission. Die nationalistischen Mitglieder der Kommission bemühen sich seit Jahren, den Anteil der polnischen Bevölkerung im östlichen Grenzgebiet durch gezielte Ansiedlung Deutscher zu verringern. Trotz aller Werbeaktionen ist die Zahl der Neuansiedlungen Deutscher in den Ostprovinzen jedoch rückläufig.

Preise in den Jahren 1900–1909

1 kg Butter	2,46
1 kg Mehl	0,35
1 kg Fleisch	1,55
1 Ei	1,05
1 l Vollmilch	1,00
10 kg Kartoffeln	0,65

in Mark, Stand 1905

Politik

Einen Skandal löst die Inspektion eines britischen Armee-Arsenals in Woolich aus. In dem Depot lagern 12 Millionen Gewehrpatronen. Bei näherem Hinsehen stellen die Inspekteure jedoch fest, daß sie sämtlich unbrauchbar geworden sind. Der herbe Verlust mitten im Aufrüstungstaumel führt zu scharfen Angriffen auf die Militärführung.

Wetter

Kälte und Regen bestimmen den März 1909. Die Durchschnittstemperatur liegt mit 2,2 °C deutlich unter dem langjährigen Mittel (3,9 °C).

1910-1919

Highlights des Jahrzehnts

1910

- Georg V. wird nach dem Tod Eduards VII. britischer König
- Der Halleysche Komet passiert die Erde
- Bürgerliche Revolution beendet Monarchie in Portugal
- Wassily Kandinsky begründet die abstrakte Malerei
- Sieg des Schwarzen Jack Johnson bei Box-WM

1911

- Bürgerkrieg in Mexiko
- »Panthersprung nach Agadir« löst Zweite Marokkokrise aus
- Militärputsch leitet chinesische Revolution ein
- Roald Amundsen gewinnt den Wettlauf zum Südpol

1912

- Erster Balkankrieg
- Woodrow Wilson wird 28. US-Präsident
- Untergang der »Titanic«
- Büste der ägyptischen Königin Nofretete gefunden

1913

- Zweiter Balkankrieg
- Niels Bohr entwirft neues Atommodell
- Größter Bahnhof der Welt (Grand Central Station) in New York eingeweiht

1914

- Österreichs Thronfolger in Sarajevo ermordet
- Ausbruch des Ersten Weltkrieges
- Eröffnung des Panamakanals

1915

- Stellungskrieg im Westen
- Beginn der Ostoffensive
- Charlie Chaplin wird mit »Der Tramp« Star des US-Kinos
- Versenkung der »Lusitania« durch ein deutsches U-Boot

1916

- Schlacht um Verdun
- Osteraufstand in Irland niedergeschlagen
- Seeschlacht vor dem Skagerrak
- Der österreichische Kaiser Franz Joseph I. stirbt
- Rasputin ermordet

1917

- Beginn des uneingeschränkten U-Boot-Krieges
- Zar Nikolaus II. dankt ab
- Oktoberrevolution in Rußland

1918

- US-Präsident Wilson verkündet 14-Punkte-Programm zur Beendigung des Krieges
- Russische Zarenfamilie ermordet
- Waffenstillstand von Compiègne beendet Ersten Weltkrieg
- Novemberrevolution: Kaiser Wilhelm II. dankt ab, Philipp Scheidemann ruft die deutsche Republik aus

1919

- Spartakusaufstand niedergeschlagen
- Rosa Luxemburg und Karl Liebknecht ermordet
- Friedrich Ebert erster Reichspräsident
- Versailler Vertrag

◀ **Schöne Spionin in deutschem Auftrag: Mata Hari wird 1917 erschossen**

Donnerstag 10. März

Rekorde 1910–1919

Schwimmen: H. Hebner (USA) – 1:20,8 min/100 m Rücken (1912)
100 m: Nina Popowa (RUS) – 13,1 sec (1913)
Hochsprung: C. Larson (USA) – 2,03 m (1917)
Speerwerfen: Jonni Myyrä (FIN) – 66,10 m (1919)

Politik

Der Handel mit Menschen wird vom chinesischen Kaiserhaus verboten. Dieses Gesetz gehört zu einem ganzen Katalog von Reformen, mit denen die Kaiserdynastie die Macht zu retten versucht. Seit fünf Jahren kämpfen Oppositionelle unter ihrem Anführer Sun Yat-sen gegen die Kaiserherrschaft. Sie gewinnen schließlich die Oberhand und setzen 1911/12 den letzten chinesischen Kaiser ab und errichten die Republik.

Politik

Mit gestärktem Selbstbewußtsein ruft der liberale Regierungschef in Spanien, José Canalejas y Méndes, zum Kampf gegen die Konservativen auf. Canalejas, der erst seit Februar im Amt ist, wird vom König unterstützt.

Wetter

Mild und etwas zu trocken ist der Frühlingsauftakt 1910. Die Temperaturen von durchschnittlich 4,9 °C liegen 1 °C über dem langjährigen Mittelwert. Im Vergleich zu den Vorjahren fällt in diesem Monat sehr wenig Regen (20 mm).

Freitag 10. März

Politik

Nur von kurzer Dauer ist der Sieg der Regierungstruppen des Diktators Díaz im mexikanischen Bürgerkrieg. Im Mai muß er sich nach 35jähriger Herrschaft geschlagen geben. Seit 1910 toben die Kämpfe der verarmten Landbevölkerung gegen den despotisch herrschenden Díaz. Unter seiner Herrschaft wurde eine kleine Schar von Großgrundbesitzern immer reicher, während die große Masse der Bauern vollkommen verarmte. Die Unruhen in Mexiko halten auch nach Díaz' Sturz noch Jahre an. Die verschiedenen Revolutionsparteien können sich nicht auf einen gemeinsamen Kurs einigen.

Gesellschaft

Heute um Mitternacht endet in Frankreich die sog. Paris-Zeit. Alle Uhren werden um neun Minuten und 27 Sekunden zurückgedreht und gehen fortan nach der »Westeuropäischen Zeit«, auf die sich Briten, Belgier, Niederländer und Franzosen kürzlich geeinigt haben.

Wetter

Freundlich präsentiert sich der März 1911. Das Quecksilber steigt auf durchschnittlich 5 °C. Das ist für den Monat etwas zu warm. Zudem bleibt es trockener als gewöhnlich.

Sonntag 10. März

Technik

Großes Aufsehen erregt die Ankunft des dänischen Motorschiffes »Selandia« im Londoner Hafen. Das 7000 Tonnen große Schiff wird von zwei je 12 000 PS starken Dieselmotoren angetrieben. Damit entfällt die sonst übliche Kohlefeuerung. Die »Selandia« ist das erste hochseegängige Schiff, das mit der neuartigen Dieselmotortechnik angetrieben wird. Sie setzt sich in den kommenden Jahren international durch.

Gesellschaft

Die Klatschspalten der Berliner Zeitungen berichten über zahllose Chinesen, die am Vorabend in Berlin einfielen. Der Kostümball im Deutschen Theater, einer der gesellschaftlichen Höhepunkte des Jahres, stand unter dem Motto »Revolution in China«. Er bezog sich auf die aktuelle Entwicklung im »Reich der Mitte«. Im vergangenen Jahr stürzten Anhänger Sun Yat-sens den letzten chinesischen Kaiser.

Wetter

Zu warm und zu trocken wie schon in den Vorjahren zeigt sich der März auch 1912. Auf 7,0 °C Durchschnittstemperatur steigt das Thermometer (langjähriger Mittelwert 3,9 °C).

Montag 10. März

Politik

Voller Stolz erinnert Kaiser Wilhelm II. an die preußischen Befreiungskriege von der napoleonischen Herrschaft, deren Ausbruch sich heute zum 100. Mal jährt. Im Berliner Lustgarten hält der Kaiser eine Festrede. Zusammen mit russischen und österreichischen Truppen beendeten die Preußen 1813 die Vorherrschaft Napoleons in Europa. Die Kämpfe endeten mit der sog. Leipziger Völkerschlacht, der bis dahin größten Schlacht der Weltgeschichte. Von den 500 000 beteiligten Soldaten kamen 90 000 ums Leben.

Politik

Britische Suffragetten legen einen Brand in einer Londoner Bahnstation, der den Bahnhof vollständig zerstört. Die radikalen Frauenrechtlerinnen kämpfen für die Einführung des Frauenwahlrechts, auf das sie jedoch noch bis 1928 warten müssen.

Stars der Jahre 1910–1919

David Wark Griffith
Filmregisseur
Mary Pickford
Filmschauspielerin
Enrico Caruso
Sänger
Douglas Fairbanks
Filmschauspieler
Charlie Chaplin
Filmschauspieler

Wetter

Mit Macht will es Frühling werden. Die Temperaturen steigen im März 1913 auf 7,2 °C im Schnitt und lassen den langjährigen Mittelwert (3,9 °C) weit hinter sich.

Dienstag 10. März

Politik

Die Deutschen suchen nach neuen Freunden. In Berlin berät sich der deutsche Außenminister Jagow mit einem Delegierten der verbündeten Doppelmonarchie Österreich-Ungarn. Jagow fordert den Beitritt Rumäniens in den sog. Dreibund, dem bis jetzt das Deutsche Reich, Österreich-Ungarn und Italien angehören. Italien gilt wegen seiner Kontakte zu den verfeindeten Briten und Franzosen als unsicherer Partner. Da der Ausbruch des Weltkrieges in nächster Zukunft erwartet wird, suchen die Deutschen nach adäquatem Ersatz.

Die Herrenkleidung wird sportlicher. Dazu gehört der weiche Hut

Politik

Die »Ära Giolitti« geht zu Ende. Der seit 1903 amtierende italienische Regierungschef tritt zurück. Es wird jedoch gemunkelt, daß der große Reformer seine Arbeit fortsetzen will.

Wetter

Ungewöhnlich viel Regen bei milden Temperaturen um 5,8 °C fällt im März 1914. Während der langjährige Durchschnittswert für die Niederschlagsmenge 31 mm beträgt, sind es diesmal 76 mm.

Mittwoch 10. März

Politik

Im Reichstag wird über ein Handelsmonopol über Stickstoff diskutiert. Stickstoff dient zur Herstellung von Salpetersäure, die wiederum für Sprengstoff und Munition benötigt wird. Bislang mußten die Salpetersalze aus Chile importiert werden. Wegen der britischen Handelsblockade saßen die Deutschen jedoch mitten im Krieg auf leeren Pulverfässern.

Das praktische Sportkleid für die Jagd und für Bergtouren

Politik

Eine französisch-britische Großoffensive kann die deutsche Westfront in der Champagne nicht durchbrechen. Im August 1914 begann der deutsche Marsch gen Westen. Statt des geplanten raschen Sieges über Frankreich erstarrt die Offensive bis Ende 1916 im Stellungskrieg. Im Osten gibt es dagegen Geländegewinne.

Wetter

Zum ersten Mal seit Jahren liegen die Märztemperaturen 1915 mit 1,7 °C im Mittel wieder deutlich unter dem langjährigen Durchschnitt (3,9 °C). Das kühle Wetter wird von Dauerregen begleitet.

1916

Freitag 10. März

Politik

Eine zynische Note richtet die Reichsregierung an die USA. Darin wünscht sie sich, trotz des aggressiven deutschen U-Boot-Krieges ein freundschaftliches Verhältnis zu den Amerikanern. Seit Ausbruch des Weltkriegs 1914 wurden mehrmals Passagierschiffe von deutschen U-Booten versenkt, auf denen u.a. US-Bürger reisten. Im Mai 1915 sank der Dampfer »Lusitania«, unter den 2000 Opfern waren auch US-Amerikaner. Der U-Boot-Krieg begünstigt 1917 die Entscheidung der USA zum Kriegseintritt.

In Berlin feiert der Film »Ihr letzter Schuß« mit dem deutschen Filmstar Henny Porten Premiere. Die Schauspielerin begann ihre Karriere mit sog. Tonbildern, zu denen Musik aus dem Grammophon erklang.

Politik

Eine Bilanz des Luftkriegs legt die deutsche Heeresführung vor. An der Westfront sind danach 13 feindliche Maschinen abgeschossen worden.

Wetter

Recht mild und sehr trocken verläuft der März des dritten Weltkriegsjahres. Das Thermometer zeigt Temperaturen um 4,5 °C an. Während gewöhnlich 31 mm Regen fallen, werden in diesem Jahr nur 12 mm gemessen.

Samstag 10. März

Politik

Ein Generalstreik in Petersburg läutet das Ende der Zaren ein. Am 15. März beginnt die sog. Februarrevolution (nach Julianischem Kalender), die die seit Jahren verhaßte Willkürherrschaft des Zaren hinwegfegt. Eine bürgerliche Regierung zwingt Nikolaus II. zur Abdankung. Damit endet nach über 300 Jahren die Dynastie der Romanows. Im November verdrängen die Bolschewisten die bürgerliche Führung. Sie gründen 1922 die Sowjetunion.

Politik

Der mexikanische Bürgerkrieg ist zwar nach sieben Jahren beendet, jetzt drohen aber die USA mit einem Angriff. Der neue Präsident Carranza verbietet der US-Regierung, bewaffnete Schiffe zu entsenden. Sie will damit gegen die neue Verfassung in Mexiko protestieren. Die darin vorgesehene Verstaatlichung von Grund und Boden unterbindet den wirtschaftlichen Einfluß der USA.

Wetter

Nach einem harten Winter erwärmt sich die Luft im März 1917 nur ganz allmählich. Das Thermometer steigt im Monatsdurchschnitt gerade eben über den Gefrierpunkt.

Sonntag 10. März

Politik

Moskau wird wieder Hauptstadt. Die sowjetische Regierung siedelt von Petersburg nach Moskau um. Die zentrale Lage der Stadt bietet eine bessere Basis zur Durchsetzung der Sowjetmacht im riesigen Ex-Zarenreich. Moskau war bereits einmal Metropole des Landes, bis Zar Peter I. der Große 1703 Petersburg erbauen ließ. Um sich deutlich von der ehemaligen Willkürherrschaft der Zarendynastie abzusetzen, entscheiden sich die Bolschewisten für den Umzug.

Gesellschaft

Eine »Beute-Ausstellung« beginnt heute in Düsseldorf. Den neugierigen Besuchern werden im Historischen Museum neben Kriegsgemälden, Flugblättern und Dokumenten Beutestücke des 1914 ausgebrochenen Ersten Weltkrieges vorgeführt. Darunter befinden sich feindliche Käppies, Stiefel, Pistolen und Kanonen.

Wetter

Wesentlich wärmer als im letzten Jahr gestaltet sich der Frühlingsanfang 1918. Das Thermometer klettert gelegentlich schon auf Temperaturen über 4,4 °C. Dabei bleibt es mit 10 mm Niederschlag ungewöhnlich trocken.

Montag 10. März

Politik

In einer geheimen Kardinalsversammlung im Vatikan äußert Papst Benedikt XV. den Wunsch, daß die »Heiligen Stätten« in Palästina den Christen übergeben werden sollten. Damit richtet sich die katholische Kirche gegen den jahrzehntealten Plan europäischer Juden, im Nahen Osten einen eigenen Staat zu errichten. Seit 1917 werden sie in diesem Streben von Großbritannien unterstützt, das Palästina kontrolliert. Damit beanspruchen die Juden Gebiete, die auch für Christen von Bedeutung sind.

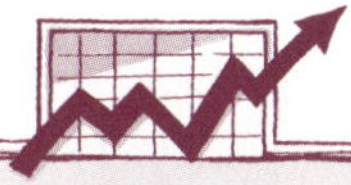

Preise in den Jahren 1910–1919

1 kg Butter	2,74
1 kg Mehl	1,90
1 kg Fleisch	3,00
1 Ei	0,13
1 l Vollmilch	0,25
10 kg Kartoffeln	3,30
Stundenlohn	0,66

in Mark, Stand 1913

Politik

Delegierte aus ganz Europa beraten in der sog. Vorbereitungskonferenz in Bern über den Völkerbund. 1920 treten ihm 45 Staaten bei. 1945 werden die Vereinten Nationen (UN) als Nachfolgeorganisation gegründet.

Wetter

Ganz normal präsentiert sich der März 1919. Das Thermometer steigt auf 3,2 °C im Schnitt. Wie die Temperaturen weicht auch die Niederschlagsmenge (40 mm) kaum vom Standard ab.

1920–1929

Highlights des Jahrzehnts

1920

- Prohibition: Alkoholverbot in den USA
- NSDAP verabschiedet ihr Programm
- Kapp-Putsch scheitert
- Erstmals Salzburger Festspiele

1921

- Alliierte besetzen das Rheinland
- Hitler wird NSDAP-Vorsitzender
- Hormon Insulin entdeckt
- Rudolph Valentino wird Frauenidol
- Vertrag von Sèvres bedeutet Ende des Osmanischen Reichs

1922

- Hungersnot in Rußland
- »Deutschlandlied« wird zur Nationalhymne erklärt
- Mussolinis Marsch auf Rom
- Gründung der UdSSR
- Grab des Tutanchamun entdeckt
- Deutsch-russische Annäherung durch Vertrag von Rapallo
- Gründung der BBC
- Johnny Weissmuller stellt über 100 m Kraul den ersten seiner 67 Weltrekorde auf (58,6 sec)

1923

- Franzosen besetzen Ruhrgebiet
- Hitlers Putschversuch scheitert
- Währungsreform beendet Inflation im Deutschen Reich
- Die Türkei wird Republik

1924

- Erstmals Olympische Winterspiele
- Revolutionsführer Lenin stirbt
- Dawes-Plan lockert finanzielle Zwänge für Deutschland
- VIII.Olympische Spiele: Läufer Paavo Nurmi gewinnt 5 Goldmedaillen

1925

- Einparteiendiktatur in Italien
- Neugründung der NSDAP
- Hindenburg wird nach dem Tod Eberts Reichspräsident
- Europäische Entspannung durch Locarno-Pakt
- Joséphine Baker wird im Bananenröckchen zum Weltstar

1926

- Japans Kaiser Hirohito besteigt den Thron
- Militärputsch Pilsudskis in Polen
- Walt Disneys Mickey Mouse erblickt das Licht der Welt
- Deutschland im Völkerbund

1927

- Stalin entmachtet politische Gegner
- Charles Lindbergh überfliegt den Atlantik
- Uraufführung des Films »Metropolis« von Fritz Lang

1928

- Briand-Kellogg-Pakt zur Kriegsächtung unterzeichnet
- Alexander Fleming entdeckt das Penicillin
- »Dreigroschenoper« von Brecht und Weill uraufgeführt
- Erste Transatlantik-Fluglinie

1929

- Youngplan regelt Reparationen
- »Schwarzer Freitag« in New York löst Weltwirtschaftskrise aus
- Erste Oscar-Verleihung in Hollywood
- Antikriegs-Roman »Im Westen nichts Neues« von Erich Maria Remarque

◀ **Der Charleston erobert in den 20er Jahren weltweit die Tanzsäle**

Mittwoch 10. März

Politik

Kapp-Lüttwitz-Putsch beginnt: Der Rechtskonservative Freiherr von Lüttwitz fordert von Reichspräsident Ebert ultimativ die Auflösung der Nationalversammlung und Neuwahlen. Ebert lehnt ab. Am 13. März marschieren daraufhin rechtsradikale Freikorps in Berlin ein. Wolfgang Kapp ernennt sich zum Reichskanzler und zwingt die Regierung zur Flucht. Als allerdings Hunderttausende Arbeiter aus Protest gegen den Putsch die Arbeit niederlegen, geben die Rechten auf. Der Umsturzversuch legt das schwache Fundament offen, auf dem die junge Weimarer Republik seit 1918 steht. Rechtsextreme und Konservative lehnen die sozialdemokratische Regierung ab. Sie laufen in Scharen zur extrem antidemokratischen NSDAP über, die in diesem Jahr unter Mithilfe Adolf Hitlers gegründet wird.

Rekorde in den 20er Jahren

Schwimmen: J. Weissmuller (USA) – 58,6 sec/100 m Freistil (1922)
10 000 m: P. Nurmi (FIN) – 30:06,1 min (1924)
1500 m: O. Peltzer (GER) – 3:51,0 min (1926)
Kugelstoßen: Emil Hirschfeld (GER) – 16,04 m (1928)

Wetter

Mit Sonnenschein und außergewöhnlich milden Temperaturen von 7,0 °C im Schnitt erfreut der März 1920 die Menschen. Das strahlende Frühlingswetter wird nur selten von kurzen Schauern getrübt.

Donnerstag 10. März

Politik

An der Legende vom unschuldigen Deutschland bastelt in Berlin ein Untersuchungsausschuß, der die Ursachen des Ersten Weltkrieges aufdecken soll. Der Bericht wird im Juni veröffentlicht. Darin heißt es, das Deutsche Reich habe 1914 keinesfalls kriegerische Absichten gehabt. Vielmehr sei es gezwungen worden, sich gegen andere Staaten zu wehren. Diese Auslegung der Ereignisse hilft den Rechten, die sich seit Jahren gegen die Anerkennung der Kriegsschuld wehren. Vergessen scheint, daß Kaiser und Regierung 1914 an vorderster Front den Ausbruch des Krieges förderten.

Gesellschaft

Der rumänische Thronfolger Karl und die griechische Prinzessin Helene geben sich in Athen das Ja-Wort. Die griechischen Monarchisten sind begeistert von der länderverbindenden Hochzeit. Helenes Vater, König Konstantin I., stieg nach jahrelanger Verbannung 1920 wieder auf den Thron.

Wetter

Milde Witterung, die seit Jahresbeginn vorherrscht, bestimmt auch den März 1921. Es ist durchweg trocken und sonnig bei angenehmen Temperaturen von durchschnittlich 6,6 °C.

Freitag 10. März

Politik

Betrogen fühlen sich die Alliierten vom ehemaligen deutschen Kriegsgegner. Minister Geßler kommentiert in Berlin den Vorwurf der Siegermächte des Ersten Weltkriegs, die Deutschen würden sich nicht an die militärischen Spielregeln halten. Laut Friedensvertrag darf das Deutsche Reich nur ein Heer von 100 000 Mann aufstellen. Die Alliierten gehen aber davon aus, daß Hunderttausende durch Militär-Lehrgänge geschleust und dann wieder ins zivile Leben entlassen würden. Diese Taktik verschaffe den Deutschen eine erheblich größere Anzahl an potentiellen Soldaten als die erlaubten 100 000 Mann.

Kultur

Noch elf Jahre nach der Uraufführung sorgt die Tragikomödie »Die Ratten« von Gerhart Hauptmann für Aufsehen. In Berlin führt Regisseur Jürgen Fehling das sozialkritische Drama über den Verlust der Moral auf. Seine Inszenierung wir als die beste seit 1911 hochgelobt.

Wetter

Nach einem ungewöhnlich kalten Winter steigen die Temperaturen im März 1922 auf durchschnittlich 4,0 °C. Es dominiert sonniges Wetter.

Samstag 10. März

Politik

Alfred Rosenberg, nationalsozialistischer Publizist und Politiker, wird Hauptschriftleiter des NSDAP-Organs »Völkischer Beobachter«. Rosenberg, der sich durch besonders scharfe antisemitische Hetztiraden »auszeichnet«, macht in der NS-Bewegung schnell Karriere. Seine geschraubten Blut-und-Boden-Pamphlete nimmt allerdings selbst der »Führer« nicht ganz ernst. 1946 wird Rosenberg vom Internationalen Gerichtshof in Nürnberg zu Tode verurteilt.

Gesellschaft

Allein unter Männern befindet sich die Naturwissenschaftlerin Margarethe von Wrangell. Sie hat die Ehre, erste ordentliche deutsche Universitätsprofessorin zu werden. Die Wissenschaft ist immer noch Männerdomäne. 1923 stehen 76 600 studierenden Herren 8700 Damen gegenüber.

Stars der 20er Jahre

Buster Keaton
Filmschauspieler
Johnny Weissmuller
Schwimmer
Rudolph Valentino
Filmschauspieler
Joséphine Baker
Tänzerin
Charles Lindbergh
Flieger

Wetter

Trocken und mild ist der März 1923. Die Temperaturen steigen auf 5,6 °C im Schnitt. Wie in den Vorjahren fällt nur wenig Niederschlag.

Montag 10. März

Politik

Eine internationale »Umarmung« kommt der Sowjetunion zugute. Nach den Briten, Italienern, Österreichern und Griechen erkennen die Norweger den weltweit ersten sozialistisch regierten Staat an. Kurz darauf folgt Schweden. Großbritannien machte Anfang Februar den ersten Schritt und löste damit die Welle der Anerkennungen aus. Damit endet die Isolation des Landes nach sieben Jahren. Die Integration der UdSSR soll eine Partnerschaft des Außenseiters mit Deutschland verhindern, wie sie sich im Rapallo-Vertrag 1922 bereits anbahnte.

Politik

Eine der ganz großen »Spürnasen« tritt zum Dienst beim US-amerikanischen FBI an. J. Edgar Hoover wird Chef der Kriminalisten in Staatsdiensten. Unter seiner Leitung zeigt das FBI, was es kann. Großes Lob bekommt Hoover für seine zentrale Fingerabdruckkartei, die bis Mitte der 70er Jahre über 200 Millionen Abdrücke enthält.

Wetter

Zum ersten Mal seit Jahren bleiben 1924 die Temperaturen im März unter dem langjährigen Mittelwert für den Monat (3,9 °C). Mit durchschnittlich 2,3 °C ist es trotz vieler sonniger Tage relativ kalt.

Dienstag 10. März

Politik

Die Fraktionen der Weimarer Koalition (Zentrum, Sozialdemokraten und Deutsche Demokraten) stimmen bei der Wahl des preußischen Ministerpräsidenten für Wilhelm Marx (Zentrum). Schon neun Tage später tritt er wieder zurück, weil die rechtsnationale DNVP die Koalitionsgespräche platzen ließ. Die DNVP will für die einzelnen Länder mehr Unabhängigkeit vom Reich. Dieser Vorstellung widerspricht die bisherige Politik in Preußen, die bis zu seinem Sturz im Januar von Otto Braun (SPD) geführt worden war. Nach der Demission von Marx wird Braun im April wiedergewählt, er bleibt bis zum Staatsstreich 1932 im Amt.

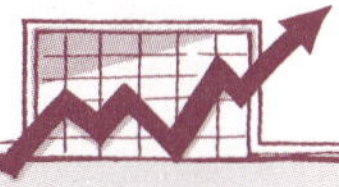

Preise in den 20er Jahren

1 kg Butter	3,60
1 kg Mehl	0,50
1 kg Fleisch	2,50
1 Ei	0,20
10 kg Kartoffeln	0,80
Stundenlohn	0,93

in RM, Stand 1926 (ohne Inflationsjahre)

Politik

Vergebens bitten Kardinäle und Bischöfe in Frankreich die Regierung, ihren antikirchlichen Kurs zu ändern.

Wetter

Zu kühl – wie im letzten Jahr – ist es auch im März 1925 mit durchschnittlich 2,1 °C.

Mittwoch 10. März

Tiefe Taille und schmale Silhouette: Mode im Zeichen des Art déco

Politik

Mit seinem neuen Kabinett tritt Aristide Briand heute in Paris erneut als französischer Ministerpräsident an. Vor vier Tagen hatte er das Amt aufgegeben, weil seine Minister die geplante Steuererhöhung ablehnten. Von 1909 bis 1929 tritt Briand zehnmal als Regierungschef zurück, bis 1932 siebzehnmal als Außenminister. Große Verdienste erringt er mit seiner Friedensinitiative, dem sog. Briand-Kellogg-Pakt, in dem 1928 zahlreiche Staaten den Angriffskrieg als Mittel zur Konfliktlösung ablehnen.

Kultur

Unter deutschem »Kommando« führen die New Yorker Philharmoniker in Washington Werke berühmter deutscher Komponisten auf. Dirigent Wilhelm Furtwängler wird vom Publikum gefeiert.

Wetter

Relativ mild, aber zu naß präsentiert sich der März 1926. Die Temperaturen erreichen Werte um 4,1 °C. Es fallen 59 mm Niederschläge, während der langjährige Mittelwert für den März bei 31 mm liegt.

Donnerstag 10. März

Politik

Die Räumung des Rheinlandes wird auf diplomatischer Ebene vorbereitet. Der deutsche Außenminister Stresemann bestätigt entsprechende Meldungen. Das linksrheinische Gebiet ist bereits seit 1920 besetzt, 1921 folgte der Einmarsch in rechtsrheinischem Territorium, um die Zahlung von Kriegsschulden zu erzwingen. Die Teilräumung beginnt erst 1929.

Politik

Gerüchte über einen bevorstehenden Einfall jugoslawischer Truppen veranlassen Albanien zur Mobilmachung. Italien, das nach Expansion auf dem Balkan strebt, nutzt die Spannungen und schließt im November mit Albanien ein Schutzbündnis, das den Staat eng an Italien bindet.

Vornehm und doch lässig: Burberry aus imprägniertem Baumwollstoff

Wetter

Strahlender Sonnenschein begleitet den März 1927. Die Temperaturen liegen durchschnittlich bei 7,0 °C und übertreffen damit den langjährigen Mittelwert (3,9 °C) deutlich. Das heitere Wetter wird nur selten von Regengüssen unterbrochen.

Samstag 10. März

Kultur

Zum »Dürer-Jahr« leistet auch die deutsche Reichshauptstadt ihren Beitrag. Der Maler Max Liebermann, Präsident der Preußischen Akademie der Künste, eröffnet in Berlin eine Ausstellung mit Werken des Künstlers Albrecht Dürer. Der Maler, der vor 400 Jahren verstarb, gilt als Erneuerer der deutschen Kunst. Er war einer der ersten in Deutschland, der sich mit der italienischen Renaissancemalerei auseinandersetzte und die perspektivische Malerei weiterentwickelte.

Sport

Zwei Sieger gehen in Schweden durchs Ziel. Im 90 Kilometer langen Wasalauf liefern sich die Skilangläufer Per Hedlund und Sven Utterström ein spannendes Kopf-an-Kopf-Rennen. Als es keinem von beiden gelingt, den entscheidenden Vorsprung zu erringen, reichen sie sich die Hände und gehen gemeinsam über die Ziellinie. Der erste Wasalauf fand 1922 statt.

Wetter

Bescheiden präsentiert sich der März 1928. Die Temperaturen liegen mit durchschnittlich 3,1 °C nicht besonders hoch für die Jahreszeit. Es fällt wesentlich weniger Regen als in den Vorjahren.

Sonntag 10. März

Politik

Ein Dichter ruft zum Kampf gegen den Faschismus auf. In Berlin eröffnet der französische Schriftsteller Henri Barbusse einen antifaschistischen Kongreß. Seit dem Ersten Weltkrieg (1914 – 1918) kämpft er gegen den Krieg. Mit seinem Buch »Das Feuer« löste er 1916 einen Riesenskandal aus. Darin dokumentierte er, orientiert an Aussagen junger Soldaten, ungeschminkt die brutale und unmenschliche Realität des Krieges. Den Ausbruch des Zweiten Weltkriegs (1939) erlebt er nicht mehr mit. 1935 stirbt Barbusse 62jährig.

Politik

Dem weltweit ersten Pakt, der den Angriffskrieg als Verstoß gegen das Völkerrecht ablehnt, will auch Ägypten beitreten. Dem sog. Briand-Kellogg-Kriegsächtungspakt haben sich seit 1928 15 Staaten angeschlossen. Er ist nach seinen »Vätern«, dem französischen Außenminister Briand und seinem Amtskollegen aus den USA, Kellogg, benannt.

Wetter

Nach einem extrem kalten Winter erwärmen sich die Luftmassen im März 1929 allmählich wieder. Es bleibt aber mit durchschnittlich 2,6 °C auch jetzt noch zu kühl für die Jahreszeit.

1930–1939

Highlights des Jahrzehnts

1930

- Mahatma Gandhi startet Salzmarsch
- Marlene Dietrich avanciert im Film »Der Blaue Engel« zum Weltstar
- Uruguay wird erster Fußballweltmeister
- Max Schmeling durch Disqualifikationssieg Boxweltmeister im Schwergewicht

1931

- Spanien wird Republik
- Vorführung des Ganzmetallflugzeugs »Ju 52« (»Tante Ju«)
- Empire State Building höchstes Gebäude der Welt
- Mafia-Boß Al Capone hinter Gittern

1932

- Staatsstreich in Preußen
- Wahlsieg der NSDAP
- Chaco-Krieg um Erdöl zwischen Bolivien und Paraguay
- Proklamation des Staates Saudi-Arabien

1933

- Adolf Hitler zum Reichskanzler ernannt
- Reichstagsbrand in Berlin
- Ermächtigungsgesetz in Kraft
- Deutsche Studenten verbrennen »undeutsche« Literatur

1934

- Nationalsozialistischer Volksgerichtshof gegründet
- »Röhm-Putsch« niedergeschlagen
- Mord an Bundeskanzler Dollfuß – Ende der 1. Republik Österreich
- Maos Kommunisten in China auf dem »Langen Marsch«

1935

- Judenverfolgung mit sog. Nürnberger Gesetzen
- Italien marschiert in Äthiopien ein
- Porsche baut Prototyp für VW »Käfer«
- Deutsch-britisches Flottenabkommen

1936

- Beginn des Spanischen Bürgerkriegs
- Volksfrontregierung in Frankreich
- Ausstellung »Entartete Kunst«
- XI. Olympische Spiele in Berlin zur NS-Propaganda genutzt
- Margaret Mitchell veröffentlicht »Vom Winde verweht«
- Schauprozesse in der UdSSR

1937

- Krieg zwischen Japan und China
- Georg VI. in London gekrönt
- Zeppelin LZ »Hindenburg« explodiert in Lakehurst
- Niederländische Kronprinzessin Juliana heiratet Prinz Bernhard

1938

- »Anschluß« Österreichs ans Deutsche Reich
- Münchner Abkommen soll Hitler bezähmen
- Terror gegen Juden in der »Reichskristallnacht«
- Otto Hahn gelingt erste Atomspaltung

1939

- Deutsche Truppen marschieren in Prag ein
- Hitler-Stalin-Pakt
- Beginn des Zweiten Weltkrieges

◀ **Luftige Show: Akrobaten auf dem Empire State Building (1934)**

Montag 10. März

Gesellschaft

Von einem großen Abenteuer kehrt nach 453 Tagen der US-Polarforscher Richard E. Byrd mit seiner Mannschaft zurück. Er wird in Neuseeland stürmisch begrüßt. Ende 1928 brach er in die Antarktis auf, um mit seinem dreimotorigen Flugzeug unbekannte Gebiete zu erforschen. Er entdeckte mehrere Gebirgszüge, deren Vorland er nach seiner Frau Marie Byrd's Land nannte. Als erster Mensch überflog Byrd den Südpol. Zu Fuß hatte 1911 der Norweger Roald Amundsen den Pol erreicht.

Kultur

Das neue Stück des österreichischen Erfolgsautors Ferdinand Bruckner, »Die Kreatur«, wird in Berlin in der Inszenierung von Max Reinhardt gezeigt. Für den Regisseur bedeutet die Aufführung eine besondere Herausforderung. Bruckner ist ein großer Fan der sog. Simultanbühnenstücke. Das heißt, auf einer Bühne werden zwei Szenen nebeneinander gespielt. Reinhardt erhält für seine Regieleistung das Lob der Kritiker.

Wetter

Angenehm, mit durchschnittlich 4,1 °C kommt der März in diesem Jahr daher. Die milde Witterung wird von relativ häufigen Regenschauern begleitet.

Dienstag 10. März

Politik

Deutsche Gewerkschafter fordern zum Umdenken auf. In einem Aufruf an die Reichsregierung schlagen sie die Verkürzung der Wochenarbeitszeit auf 40 Stunden vor, um der Arbeitslosigkeit zu begegnen. Damit soll den Massenentlassungen ebenso Einhalt geboten werden, wie den massiven Lohnsenkungen. Zwei Jahre nach Ausbruch der Weltwirtschaftskrise erreichen auch in Deutschland die Arbeitslosenzahlen ihren bisherigen Höchststand. Über fünf Millionen Menschen und damit fast 22% aller Erwerbstätigen sind ohne Arbeit.

Politik

Der Faschismus macht vor den Briten nicht halt. In London wird Oswald Ernald Mosley aus der Labour Party ausgeschlossen. Er schlug die Gründung einer rechtsextremen Partei vor.

Wetter

Der Frühlingsanfang 1931 ist noch sehr kühl. Die durchschnittliche Temperatur von 0,2 °C liegt im März weit unter dem langjährigen Mittel (3,9 °C) für diesen Monat.

Rekorde in den 30er Jahren

200 m: J. Carlton (AUS) – 20,6 sec (1932)
Weitsprung: Jesse Owens (USA) – 8,13 m (1935)
Weitsprung: Erika Junghans (GER) – 6,07 m (1939)
400 m: Rudolf Harbig (GER) – 46,0 sec (1939)

Donnerstag 10. März

Politik

Als Bollwerk gegen den Faschismus sieht sich Paul von Hindenburg. Der seit 1925 amtierende Reichspräsident begründet seine neuerliche Kandidatur mit der »gegenwärtigen Krisensituation«. Gemeint ist der bedrohliche Aufschwung der Nationalsozialisten. Ihr Anführer Adolf Hitler kandidiert ebenfalls für den Posten des Reichspräsidenten, kann sich aber gegen Hindenburg nicht durchsetzen. 1933 wird Hitler jedoch von Hindenburg zum Reichskanzler berufen und hat damit die Macht in seinen Händen.

Kultur

Die politische Oper »Die Bürgschaft« feiert in Berlin Premiere. Sie stammt von Kurt Weill, der durch seine Zusammenarbeit mit Bertolt Brecht berühmt wurde. Sein Werk handelt von den Leiden der »einfachen Leute« nach der Machtübernahme einer unmenschlichen Regierung. Weill erweist sich mit diesem Sujet als Prophet.

Wetter

Wie im Vorjahr beginnt auch 1932 der Frühling mit zu kühlem Wetter. Im März liegt die durchschnittliche Temperatur erst bei 1,2 °C. Es fallen kaum Niederschläge.

1933

Freitag 10. März

Politik

Die Länder werden entmachtet. In Sachsen übernimmt ein NSDAP-Reichskommissar die Regierung. Nach der Ernennung Hitlers zum Reichskanzler im Januar 1933 begann in allen Bereichen der Politik und des öffentlichen Lebens die sog. Gleichschaltung. Oppositionelle Politiker, Gewerkschafter, Journalisten, Künstler etc. werden zu Zehntausenden gnadenlos verfolgt und eingesperrt. Die Länderregierungen müssen sich dem Kurs der neuen Regierung in Berlin beugen.

Preise in den 30er Jahren

1 kg Butter	2,96
1 kg Mehl	0,47
1 kg Fleisch	1,60
1 l Vollmilch	0,23
1 Ei	0,10
10 kg Kartoffeln	0,90
1 kg Kaffee	5,33
Stundenlohn	0,78

in RM, Stand 1934

Sport

Nach 15 Runden steht der neue Boxweltmeister im Halbschwergewicht fest: Maxie Rosenbloom (USA) siegt in New York über den Deutschen Adolf Heuser.

Wetter

Nach frostigen Temperaturen zu Jahresbeginn verabschiedet sich der Winter im März 1933 zügig. Das Thermometer erreicht bei klarem Himmel und strahlender Sonne durchschnittlich 6,0 °C.

Samstag 10. März

Politik

Führer-Stellvertreter Heß übt sich im Wettfliegen. Bei einer Veranstaltung des deutschen Luftsportverbands fliegt er mit seiner Messerschmitt 33 von München bis auf die Zugspitze und belegt den ersten Platz. Einige Jahre später stellt er seine Flugkünste noch einmal denkwürdig unter Beweis. 1941 fliegt er in Friedensmission heimlich nach Großbritannien und springt mittels Fallschirm ab. Mit seiner wagemutigen Aktion will er die Briten zu Friedensverhandlungen bewegen. Statt dessen wird er verhaftet und nach dem Krieg, 1946, als Kriegsverbrecher verurteilt.

Politik

Kampf der Schwarzarbeit lautet die Devise des NS-Regimes. Preußens Regierung kündigt ein umfangreiches Programm gegen die 60 000 Arbeiter an, die pro Saison illegal »malochen«. Sie schädigen mangels Steuerabgaben die Staatskasse und verhindern die Schaffung von Arbeitsplätzen.

Wetter

Die sonnigen Tage überwiegen im März 1934. Es fällt erheblich weniger Niederschlag als in den Vorjahren. Die Temperaturen ergeben einen durchschnittlichen Wert von 5,6 °C.

1935

Sonntag 10. März

Politik

»Kraft durch Freude« heißt das Motto für 3000 Arbeiter, die heute zu einer dreiwöchigen Seereise nach Madeira aufbrechen. Das nationalsozialistische Kultur- und Freizeitwerk wurde 1933 gegründet. Es soll das Angenehme mit dem »Nützlichen« verbinden. Arbeitnehmern werden reizvolle Freizeitveranstaltungen geboten, bei denen sie ganz nebenbei auf die nationalsozialistische Sache eingeschworen werden. Im vergangenen Jahr nahmen bereits über zwei Millionen Menschen an den »Bildungsreisen« teil.

Sport

Schmeling auf dem Weg nach oben. Beim Ausscheidungskampf um die Boxweltmeisterschaft in Hamburg schlägt der Schwergewichtsboxer Max Schmeling den US-Amerikaner Steve Hamas. 1936 besiegt Schmeling die Box-Legende Joe Louis.

Stars der 30er Jahre

Louis Armstrong
Trompeter
Marlene Dietrich
Filmschauspielerin
Greta Garbo
Filmschauspielerin
Fred Astaire
Tänzer/Schauspieler
Sonja Henie
Eiskunstläuferin

Wetter

Nicht spektakulär ist das Wetter im März 1935 mit einer Durchschnittstemperatur von 3,0 °C. Allerdings wird die Sonne häufig von Regenwolken verdeckt.

Dienstag 10. März

Politik

Über den gebrochenen Locarno-Vertrag beraten in Paris Belgier, Franzosen, Briten, Polen und Tschechoslowaken. Als vor drei Tagen deutsche Truppen ins entmilitarisierte Rheinland einmarschierten, verstieß das Hitler-Regime gegen wesentliche Bestimmungen des 1925 zur Friedenssicherung geschlossenen Vertrags. Während Frankreich militärische Vergeltung fordert, plädieren die Briten für Verhandlungen mit Hitler. Außenminister Eden schließt weitere Feindseligkeiten von deutscher Seite aus. Damit sind den Franzosen die Hände gebunden. Ohne ihren britischen Bündnispartner ist ein Angriff gegen das hochgerüstete Deutsche Reich zu gefährlich.

Politik

Hoch zu Roß sollen Hitlers Soldaten sitzen. Der »Führer« ordnet die Aufstellung eines NS-Reiterkorps an. Ihm sollen zunächst die 18- bis 20jährigen Angehörigen der SS beitreten, um im Kriegsfall die Kavallerie des Heeres zu stärken.

Wetter

Nach einem milden Winter steigen die Temperaturen im März dieses Jahres bereits auf Werte um 5,3 °C. Es regnet weniger als in den Vorjahren.

Mittwoch 10. März

Politik

Interviews geben deutsche und italienische Soldaten in Valencia. Einem britischen Korrespondenten berichten sie über ihre Erlebnisse im Spanischen Bürgerkrieg. Seit 1936 kämpfen die rechtsgerichteten Truppen General Francos gegen die republikanischen Regierungseinheiten um die Führung des Landes. Italiener und Deutsche unterstützen den faschistischen Franco, während die Sowjetunion und »Linke« aus aller Welt den Regierungstruppen zu Hilfe eilen.

Technik

Um die »beunruhigenden Zustände« im Kurzwellenbereich zu beseitigen, tagt heute in Berlin der Weltrundfunkverein. Seine Mitglieder bemühen sich um die gerechte Aufteilung der Sendefrequenzen auf die verschiedenen Staaten. Das Deutsche Reich steht nach den USA, Dänemark und Großbritannien mit 8,5 Millionen Radiohörern an vierter Stelle.

Wetter

Noch zu kühl sind die Temperaturen im März 1937 mit durchschnittlich 3,4 °C. Anhaltende Niederschläge sorgen außerdem für eine unangenehm feuchte Witterung.

Donnerstag 10. März

Kultur

Die besten Schauspieler und Filme werden in Hollywood mit den begehrten Oscars ausgezeichnet. »Das Leben des Emile Zola« erhält als erste Produktion der Warner Brothers einen Oscar. Regisseur ist der deutsche William Dieterle, der die US-amerikanische Staatsbürgerschaft angenommen hat. Als beste Schauspieler werden Spencer Tracy und die emigrierte Deutsche Luise Rainer geehrt.

Politik

Zum Boykott gegen die Volksabstimmung rufen die Nationalsozialisten Österreichs auf. Kanzler Schuschnigg will, daß die Bevölkerung darüber entscheidet, ob Österreich an das Deutsche Reich angegliedert werden soll oder nicht. Am 13. März kommt Hitler der Befragung zuvor, die sich gegen seine Pläne richtet. Er läßt deutsche Truppen einmarschieren und vollzieht den »Anschluß«.

Figurbetonte Eleganz in den 30er Jahren: Kostüm aus Wollstoff mit Lederpaspeln

Wetter

Strahlendes Wetter mit sensationellen Temperaturen um 8,0 °C vertreibt den Winter 1938 rasch.

Freitag 10. März

Politik

Die Spannungen zwischen Tschechen und Slowaken erreichen ihren Höhepunkt. Emil Hácha, Staatsoberhaupt der Tschechoslowakei, setzt den Ministerpräsidenten der Slowakei, Tiso, ab, der daraufhin die Slowakei für unabhängig erklärt. Die Krise nutzt Hitler geschickt für seine Pläne aus. Am 15. März läßt er deutsche Truppen in die sog. Rest-Tschechei einmarschieren. Die Slowakei existiert als Republik von Hitlers Gnaden weiter.

Der Herr liebt es eher klassisch: Sommersakko aus hellem Fischgrät

Kultur

Als Abenteurer präsentiert sich Hans Albers in dem heute uraufgeführten Film »Wasser für Canitoga« von Herbert Selpin. Der Filmstar Albers spielt einen Ingenieur, der in Kanada unter Sabotageverdacht gerät.

Wetter

Regen und Kälte eröffnen im März 1939 das Frühjahr. Während der langjährige Mittelwert bei 31 mm liegt, werden in diesem Jahr 76 mm Niederschläge gemessen.

1940–1949

Highlights des Jahrzehnts

1940

- Deutscher Luftkrieg gegen Großbritannien
- Beginn der Westoffensive
- Winston Churchill neuer britischer Premierminister

1941

- Schottlandflug von Rudolf Heß
- Deutscher Überfall auf die Sowjetunion
- Japan greift Pearl Harbor an – Kriegseintritt der USA
- »Citizen Kane« von Orson Welles in den Kinos

1942

- Wannsee-Konferenz beschließt Judenvernichtung
- 6. Armee in Stalingrad eingeschlossen
- Beginn alliierter Luftangriffe auf deutsche Städte
- »Casablanca« mit Ingrid Bergman und Humphrey Bogart uraufgeführt

1943

- Goebbels propagiert den »totalen Krieg«
- Ende der Widerstandsgruppe »Weiße Rose«
- Aufstand im Warschauer Ghetto scheitert

1944

- Alliierte landen in der Normandie
- Stauffenberg-Attentat auf Hitler scheitert
- Charles de Gaulle wird Staatschef Frankreichs
- US-Präsident Franklin D. Roosevelt zum dritten Mal wiedergewählt

1945

- KZ Auschwitz befreit
- Bedingungslose Kapitulation Deutschlands
- Vereinte Nationen gegründet
- Beginn der Potsdamer Konferenz
- US-Atombomben zerstören Hiroschima und Nagasaki

1946

- Gründung der SED
- Nürnberger NS-Prozesse
- US-Atombombentests im Südpazifik
- Hilfe durch Care-Pakete aus den USA
- Französischer Kolonialkrieg in Vietnam

1947

- Marshallplan-Hilfe für Europa
- Indien feiert Unabhängigkeit von Großbritannien
- GATT regelt den Welthandel
- Thor Heyerdahls »Kon-Tiki«-Expedition erfolgreich

1948

- Mahatma Gandhi ermordet
- Währungsreform in Ost und West
- UdSSR verhängt Berlin-Blockade
- Staatsgründung Israels
- Korea gespalten
- UNO-Menschenrechtsdeklaration

1949

- Gründung der NATO
- Grundgesetz für die Bundesrepublik Deutschland verkündet
- Konrad Adenauer erster Bundeskanzler
- Proklamation der Deutschen Demokratischen Republik
- Chinesische Revolution

◀ **Charlie Chaplin als »Großer Diktator« (1940)**

Sonntag 10. März

Kultur

Der große deutsche Theaterregisseur Erwin Piscator macht in den USA Karriere. In Washington inszeniert er das Drama »Die Heilige Johanna« des irischen Schriftstellers George Bernard Shaw. Piscator, der in den 20er Jahren zur Symbolfigur des Polit-Theaters wurde, geriet zunehmend unter den Druck der aufstrebenden NS-Bewegung. 1931 emigrierte er in die Sowjetunion, dann nach Paris, bis er 1939 in die USA ging. Er kehrt erst 1951 nach Deutschland zurück.

Sport

Der Star unter den Skiläuferinnen, Christl Cranz, siegt bei den alpinen Deutschen Skimeisterschaften in St. Anton gleich zweimal. Sowohl im Slalom als auch bei der alpinen Kombination belegt sie den ersten Platz. Bei den Herren wird der amtierende Weltmeister Pepi Jennewein Sieger in beiden Disziplinen.

Wetter

Nach einem extrem harten Winter überwiegen erstmals in diesem Jahr Temperaturen über dem Gefrierpunkt. Anhaltende Schnee- und Regenfälle trüben allerdings die Freude über die Wetterbesserung.

Montag 10. März

Politik

Nur zwei Tage nach schweren Luftangriffen auf London und Coventry fallen deutsche Bomben auf die britische Stadt Portsmouth. Seit August 1940 versucht Hitler, Großbritannien in die Knie zu zwingen. Die Briten gehen nach den massiven Luftangriffen ihrerseits zum Angriff über. Im Mai beginnen die bislang schwersten Luftoffensiven auf deutschem Gebiet.

Politik

Die italienischen Großmachtträume platzen, weil die gestern gestartete Offensive gegen Griechenland ins Stocken gerät. Schon Ende 1940 scheiterte der erste Versuch Italiens, sich als Vormacht auf dem Balkan zu beweisen. Im April kommen Truppen des verbündeten Deutschen Reiches zu Hilfe und zwingen Griechenland zur Kapitulation.

Rekorde in den 40er Jahren

5000 m: G. Hägg (SWE) – 13:58,2 min (1942)
Hochsprung: Fanny Blankers-Koen (HOL) – 1,71 m (1943)
Marathon: Suh Yun Bok (KOR) – 2:25:39 h (1947)
Speerwerfen: Natalia Smirnizkaja (URS) – 53,41 m (1949)

Wetter

Bei Sonne und milden Temperaturen zeigen sich im März 1941 schon bald die ersten Knospen. Das Thermometer zeigt Werte um 3,3 °C. Die Sonne hat aber noch oft gegen Regenwolken anzukämpfen.

Dienstag 10. März

Politik

Die sog. Freifranzosen setzen sich in Afrika durch. Nachrichtenagenturen melden, daß ihnen in den vergangenen Wochen ein erstaunlicher Vormarsch vom Tschad über eine Wüstenstrecke von 1500 Kilometern bis nach Südlibyen gelang. Die freifranzösischen Truppen kämpfen auf der Seite der Widerstandsbewegung unter General Charles de Gaulle. Nach der deutschen Teilbesetzung Frankreichs im Juni 1940 stellte er in den französischen Kolonien seine Truppen auf.

Ein italienischer Erfinder präsentiert der Presse seine »geräuschlose Geige«. Der Ton wird mittels Mikro und Verstärker in einen Kopfhörer gelenkt. Das stille Instrument erlaubt konfliktfreie Übungsstunden.

Politik

Erleichtert feiern die Argentinier den Sieg der Nationaldemokratischen Partei bei den Parlamentswahlen. Sie stützt den Kurs von Präsident Ortiz. Dieser hegt zwar Sympathien für die Deutschen, will aber neutral bleiben.

Wetter

Nur 14 mm Niederschlag werden im März 1942 gemessen, während der langjährige Mittelwert bei 31 mm liegt. Die Sonne kommt dafür um so häufiger zum Vorschein (149 Stunden).

Mittwoch 10. März

Politik

Der in Ungnade gefallene General Erwin Rommel findet beim »Führer« kein Gehör. In einer Konferenz bittet er Hitler vergebens um den Rückzug der deutschen Truppen aus Tunesien, wo die Briten die Oberhand gewinnen. Rommel wurde vor vier Tagen als Anführer des Afrikakorps gefeuert, weil seine letzte Offensive gegen die Briten gescheitert war. Seine geschickte Truppenführung brachte Rommel einst den Namen »Wüstenfuchs« sowie höchste Anerkennung bei Volk und »Führer« ein. Hinter der plötzlichen Entlassung vermuten viele politische Motive. 1944 bestätigt sich der Verdacht, daß Rommel Kontakte zu Widerstandskämpfern hat. Hitlers Schergen zwingen ihn zum Selbstmord.

Politik

Auch die Beamten müssen für den Weltkrieg ihre letzten Reserven aktivieren. Laut Beschluß der Reichsregierung werden sie künftig 56 Wochenstunden abzuleisten haben, drei mehr als bis jetzt.

Wetter

Besonders schön und trocken ist das Wetter im März 1943. Den geringen Niederschlägen (10 mm) entsprechen 189 Sonnenscheinstunden; normal sind 151 Stunden.

Freitag 10. März

Politik

Reisen zwischen Großbritannien und Irland werden heute von der Regierung in London verboten. Die neutrale Republik Irland pflegt trotz aller Verbote der Alliierten Kontakte zum verfeindeten Deutschen Reich und seinen Verbündeten. »Zur Strafe« soll die Insel jetzt isoliert werden. Die »deutsch-irische Freundschaft« ist schon fast 30 Jahre alt. Auf dem Höhepunkt des Unabhängigkeitskampfes der Iren gegen die britische Vorherrschaft auf der Insel bot die deutsche Regierung damals ihre Hilfe an.

Kultur

Im Krieg auf der Leinwand ist John Wayne der Held. Er spielt in »Alarm im Pazifik« einen wagemutigen Ingenieur, der sein Leben für die Verteidigung eines US-Stützpunktes im Pazifik opfert. Der Film, der heute in den USA Premiere feiert, führt den »Daheimgebliebenen« die Heldentaten der Armee im Pazifikkrieg vor Augen.

Wetter

Mit Regen und zu niedrigen Temperaturen beginnt im März 1944 der Frühling. Die Niederschläge liegen mit 57 mm weit über dem langjährigen Mittelwert (31 mm).

Samstag 10. März

Politik

Die Flucht in letzter Minute ermöglichen deutsche Kriegsschiffe, die die sowjetischen Stellungen in der Danziger Bucht beschießen. Unter der Deckung dieses Angriffs werden bis April 1,5 Millionen Zivilisten und 500 000 deutsche Soldaten evakuiert. Sie fliehen vor dem unaufhaltsamen Vormarsch der sowjetischen Truppen, die Ende März Danzig endgültig erobern. Die Zahl der Flüchtlinge, die aus den deutschen Ostgebieten nach Westen ziehen, wächst bis 1946 auf über fünf Millionen.

Politik

Die Anhänger des Duce geben nicht auf. In Rom deckt die Polizei eine faschistische Geheimorganisation mit rund 20 000 Mitgliedern auf. Ihr Vorbild, der faschistische Staatschef Mussolini, wurde bereits 1943 entmachtet. Im April erschießen ihn italienische Widerstandskämpfer.

Stars der 40er Jahre

Humphrey Bogart
Filmschauspieler
John Wayne
Filmschauspieler
Katharine Hepburn
Filmschauspielerin
Hans Albers
Filmschauspieler
Joe Louis
Boxer

Wetter

Nach einem kalten Winter herrscht im März endlich Tauwetter. Die Temperaturen steigen auf durchschnittlich 6,8 °C. Damit wird es wesentlich wärmer als in den Vorjahren.

Sonntag 10. März

Das Extravagante an diesem Sommerkleid: der mit Tapeziernägeln besetzte Gürtel

Gesellschaft

Dramatische Formen nimmt der Versorgungsnotstand in Deutschland an. In der französisch besetzten Zone werden die Tagesrationen auf knapp über 1000 Kilokalorien gesenkt. Das entspricht etwa einem Drittel des normalen Bedarfs. Wie in Deutschland leiden Millionen Menschen in Europa und Asien zehn Monate nach dem Zweiten Weltkrieg an Hunger. US-Präsident Hoover spricht von der größten Ernährungskrise aller Zeiten. Aus Amerika treffen im Juni die ersten CARE-Pakete zur Versorgung der Bevölkerung ein.

Politik

Das politische Deutschland erwacht zu neuem Leben. In Essen eröffnet der erste Nachkriegsparteitag der christlich-konservativen Zentrums-Partei in der britisch besetzten Zone.

Wetter

Gelegentliche Niederschläge und eine mittlere Temperatur von 3,8 °C lassen den März 1946 recht durchschnittlich erscheinen.

Montag 10. März

Politik

Die einstigen »Waffenbrüder« gegen den Faschismus sind entzweit. Die Außenminister der USA, Großbritanniens, Frankreichs und der Sowjetunion treffen sich in Moskau, um über die Zukunft Deutschlands zu beraten. Gleich zu Beginn geraten sie über die Frage in Streit, ob der neue Staat eine Bundesrepublik werden soll oder doch lieber ein Einheitsstaat nach sowjetischem Muster. Auch bei den Debatten um die deutschen Kriegsschulden und die Festlegung der Grenzen geraten die Minister aneinander. Knapp zwei Jahre nach dem Ende des Zweiten Weltkrieges machen ideologische Gegensätze und das Gerangel um Macht und Einfluß die Verständigung zwischen den alliierten Siegermächten zunichte. Der US-amerikanische Publizist Walter Lippmann gibt den neuen Grabenkämpfen den Namen »Kalter Krieg«. Für die Deutschen führt er 1949 zur Teilung.

Das Modemagazin »Esquire« stellt diese Abendmode für den Herrn vor

Wetter

Kein Ende will der Winter in diesem Jahr nehmen. Der März ist 1947 immer noch vergleichsweise frostig. Die Durchschnittstemperatur liegt bei nur 1,9 °C.

Mittwoch 10. März

Politik

Mit Selbstmord beantwortet der tschechoslowakische Außenminister Jan Masaryk die kommunistische Machtübernahme in seinem Land. Er stürzt sich in Prag aus dem Fenster seiner Wohnung. Weltweit löst die Nachricht von Masaryks Tod Bestürzung aus. Ende Februar nutzte die kommunistische Partei eine Regierungskrise zum Umsturz. An die Staatsspitze setzte sich der moskautreue Vollblut-Kommunist Klement Gottwald. Der Machtwechsel ist kein Einzelfall. Auch Polen, Ungarn, Bulgarien und Rumänien werden zu Satellitenstaaten der UdSSR.

Politik

Ihre Flucht aus der Verantwortung hat ein Ende: In Nürnberg werden 13 Ex-Mitarbeiter des Rasse- und Siedlungshauptamtes verurteilt. Das Amt »kümmerte« sich während der NS-Diktatur um die »Rassenpolitik«.

Wetter

Wesentlich freundlicher als im vergangenen Jahr kündigt sich 1948 der Frühling an. Im März steigt das Thermometer kräftig. Die Werte liegen mit durchschnittlich 5,6 °C fast 2 °C über dem langjährigen Mittelwert.

Donnerstag 10. März

Politik

Die erste israelische Regierung unter Staatschef David Ben Gurion wird vom Parlament bestätigt. Damit ist der jüdische Staat Israel, der im Mai 1948 gegründet wurde, im Inneren voll funktionsfähig. Um die historischen, religiösen und politischen Ansprüche auf Palästina streiten sich die Juden jedoch mit den arabischen Völkern. Direkt nach der Staatsgründung brachen die ersten Kämpfe aus.

Preise in den 40er Jahren

1 kg Butter	3,50
1 kg Mehl	0,45
1 kg Fleisch	1,60
1 l Vollmilch	0,26
1 Ei	0,12
10 kg Kartoffeln	1,00
1 kg Zucker	0,76
Stundenlohn	0,81
in RM, Stand 1943	

Gesellschaft

Eine »kapitalistische Sportart« wird in Bulgarien verboten. Die kommunistische Regierung bezeichnet Tennis als »Sport der Ausbeuter« und läßt Tennisplätze und -hallen schließen. Die Sportart ist eine Erfindung der Franzosen und wird seit dem 18. Jahrhundert vor allem von den Briten als Sport der sog. Upperclass kultiviert.

Wetter

Für die Jahreszeit zu kühl ist es im März 1949. Die Temperaturen erreichen einen Schnitt von 2,5 °C. Sie liegen damit mehr als 1 °C unter dem Standard.

1950–1959

Highlights des Jahrzehnts

1950

- Ausbruch des Koreakrieges
- Abschaffung der Lebensmittelmarken in Deutschland

1951

- Debatte um die Wiederaufrüstung Deutschlands
- Skandal um Hildegard Knef als »Sünderin«
- Erster Schritt zur europäischen Einigung: Montanunion perfekt
- Der persische Schah Mohammed Resa Pahlewi heiratet Soraya

1952

- Helgoland wieder unter deutscher Verwaltung
- Staatsstreich in Ägypten
- DDR riegelt Grenze ab
- Dwight D. Eisenhower wird zum 34. US-Präsidenten gewählt
- USA zünden Wasserstoffbombe
- In Deutschland bricht das Fernsehzeitalter an

1953

- Tod des sowjetischen Diktators Josef Stalin
- Volksaufstand in der DDR
- Elisabeth II. zur Königin von Großbritannien und Nordirland gekrönt
- Mount Everest: Höchster Berg der Welt bezwungen

1954

- Französische Niederlage in Vietnam
- Deutschland wird in Bern Fußballweltmeister
- Beginn des Algerienkrieges
- Mit »That's alright Mama« beginnt der Aufstieg von Elvis Presley

1955

- Die Bundesrepublik wird ein souveräner Staat
- Gründung des Warschauer Paktes
- Tragischer Tod von James Dean
- Erste »documenta«

1956

- Traumhochzeit von Grace Kelly und Rainier III. von Monaco
- Volksaufstand in Ungarn
- Suezkrise führt zu Nahostkrieg
- Musical »My Fair Lady« beginnt seinen Siegeszug um die Welt

1957

- Gründung der EWG
- »Sputnik-Schock« bildet Auftakt zu Wettlauf im All
- Heinz Rühmann als »Hauptmann von Köpenick« gefeiert
- Erste Massenimpfung gegen Kinderlähmung

1958

- De Gaulle und Adenauer begründen deutsch-französische Freundschaft
- Rock 'n' Roll-Fieber grassiert weltweit
- Pelé – Star der Fußballweltmeisterschaft in Schweden
- Atomium ist Wahrzeichen der Weltausstellung in Brüssel

1959

- Fidel Castro übernimmt die Macht in Kuba
- Hula-Hoop-Welle schwappt aus den USA nach Europa
- Premiere des Marilyn-Monroe-Films »Manche mögen's heiß«
- Erste Bilder von der Rückseite des Mondes

◄ **Marilyn Monroe singt für US-Soldaten im Koreakrieg (1954)**

Freitag 10. März

Politik

Mit schallenden Ohrfeigen wird der rechtsradikale Abgeordnete Wolfgang Hedler aus dem Bundestag »verabschiedet«. Beim Verlassen des Gebäudes folgen ihm mehrere SPD-Abgeordnete und verprügeln ihn. Hedler machte sich 1949 viele Feinde im Parlament, als er das NS-Regime hochleben ließ und dessen Errungenschaften pries. Hedler ist kein Einzelfall. Auch außerhalb des Parlaments rotten sich die Nazis zusammen. 1949 gründeten sie die sog. Sozialistische Reichspartei, der bis 1951 bereits 10 000 Mitglieder angehören.

Kultur

Ein Meilenstein der Kinogeschichte feiert in Wien Premiere. »Der Dritte Mann« spielt mitten in – und unter – Österreichs Metropole, direkt nach dem Zweiten Weltkrieg. Regisseur Carol Reed erzählt die Geschichte des Penicillinschmugglers Lime (Orson Welles), der seinen eigenen Tod inszeniert und dann doch von seinem ehemaligen Freund Martins (Joseph Cotten) entdeckt wird.

Wetter

Bei geringen Niederschlägen erwärmt sich die Luft im März 1950 kräftig. Die Temperatur steigt auf durchschnittlich 5,4 °C an.

Samstag 10. März

Politik

Die chronische Krise in Frankreich scheint beendet. Der neue Ministerpräsident Queuille stellt sein Kabinett vor. Schon im Juli muß er aber zurücktreten. Queuille hat damit die »durchschnittliche Lebenserwartung« von sechs Monaten, die seit 1946 bei Frankreichs Regierungschefs üblich ist, noch unterschritten. Das Land leidet unter den Grabenkämpfen zwischen Kommunisten und rechten Nationalisten. Unruhen in den Kolonien verschärfen die Spannungen. Als 1958 der »starke Mann« Charles de Gaulle Präsident wird, endet die Krise.

Politik

Die neue Gangart in der Tschechoslowakei bekommt Erzbischof Josef Beran zu spüren. Die seit 1948 herrschende kommunistische Regierung verbannt ihn aus Prag, weil er Kritik an der antikirchlichen Politik übte.

Stars der 50er Jahre

Marilyn Monroe
Filmschauspielerin
James Dean
Filmschauspieler
Elvis Presley
Sänger
Sophia Loren
Filmschauspielerin
Brigitte Bardot
Filmschauspielerin

Wetter

Naß und kalt ist es im März 1951. Im langjährigen Vergleich liegt die Niederschlagsmenge mit 61 mm doppelt so hoch. Die Temperaturen bleiben mit durchschnittlich 2,2 °C relativ niedrig.

Montag 10. März

Politik

Drei Briefe aus der Sowjetunion sorgen für Aufregung in der BRD. Diktator Stalin wendet sich an die drei westlichen Besatzungsmächte und schlägt die Wiedervereinigung der beiden deutschen Staaten vor. Die sog. Stalin-Note platzt mitten in die Verhandlungen um eine feste Einbindung der BRD ins westliche Lager. Sie soll in die Europäische Verteidigungsgemeinschaft EVG aufgenommen werden. Bundeskanzler Adenauer beschimpft die Stalin-Note als »Störmanöver«. Auch die Westalliierten lehnen alle Verhandlungen ab, obwohl Stalin sogar im Zank um die freien Wahlen in Deutschland nachgibt. Die Alliierten machen sie seit Jahren zur Vorbedingung der Wiedervereinigung. Noch Jahrzehnte später streiten Historiker über die Stalin-Note. Wurde eine historische Chance zur Wiedervereinigung leichtfertig vertan oder nicht?

Rekorde in den 50er Jahren

Kugelstoßen: Jim Fuchs (USA) – 17,95 m (1950)
10 000 m: Emil Zátopek (TCH) – 28:54,6 min (1954)
800 m: R. Moens (BEL) – 1:45,7 min (1955)
Eisschnellauf: Eugen Grischin (URS) – 1000 m in 1:22,8 min (1955)

Wetter

Die Schlechtwetterfront, die zu Beginn des Jahres für trübe Aussichten gesorgt hatte, wird endlich von anhaltendem Sonnenschein verdrängt.

Dienstag 10. März

Politik

Ein Luftgefecht liefern sich nahe der deutsch-deutschen Grenze bei Regensburg ein US-amerikanischer Düsenjäger und zwei tschechoslowakische Jagdflugzeuge. Der US-Pilot muß landen. Kaum hat sich die US-amerikanische Regierung beschwert, stürzt am 12. März ein britisches Flugzeug nach Attacken sowjetischer »Mig«-Kampfflugzeuge bei Lauenburg ab. Beide Piloten bleiben unverletzt. Die westlichen Alliierten in Deutschland sind empört. Die sowjetische Regierung rechtfertigt die Angriffe als Verteidigung ihres Hoheitsgebiets.

Politik

Es gibt viel zu tun für die Bundesversicherungsanstalt für Angestellte, deren Einrichtung die Regierung der jungen BRD in Bonn beschließt. Sie nimmt im August in Berlin ihre Arbeit auf und kümmert sich fortan um die gesetzliche Sozialversicherung. Bis 1961 werden rund sechs Millionen Bundesbürger registriert.

Wetter

Die Sonne scheint so häufig (213 Stunden), daß die Temperaturen im März 1953 auf durchschnittlich 5,8 °C ansteigen. Im Vergleich zu den Vorjahren regnet es außergewöhnlich selten.

Mittwoch 10. März

Politik

Der Streit um die Ehe wird beigelegt. Bundesinnenminister Schröder zieht das Vorhaben zur Abschaffung des Paragraphen 67 zurück. Dieser droht Geistlichen mit Strafe, die ein Paar kirchlich trauen, das noch nicht vor dem staatlichen Standesbeamten »Ja« gesagt hat. Die Gegner wandten ein, die Abschaffung öffne rein-kirchlichen Ehen Tür und Tor und sorge damit für eine Schwemme von Kindern, die vor dem Staat als unehelich gelten. Der Paragraph bleibt schließlich wie er ist.

Politik

Weder für noch gegen die geplante Europäische Verteidigungsgemeinschaft (EVG) darf in Paris demonstriert werden. Die Regierung verhängt das Verbot, um den Streit im Parlament nicht noch mehr anzuheizen. Der EVG-Plan, der eine europäische Streitmacht vorsieht, wird von den Franzosen schließlich gekippt. Sie fürchten eine Benachteiligung innerhalb einer Europa-Armee.

Wetter

Der eisige Winter ist überstanden. Im März 1954 herrschen endlich wieder »normale Verhältnisse«. Bei gelegentlichem Sonnenschein erwärmen sich die Luftmassen auf durchschnittlich 3,8 °C.

Donnerstag 10. März

Politik

Arabischer Widerstand regt sich gegen einen irakisch-türkischen Pakt, dem sich auch die Briten anschließen wollen. Die Regierungen Ägyptens, Syriens und Saudi-Arabiens lehnen ihren Beitritt wegen Großbritannien ab. Als Ex-Kontrollmacht in Palästina haben die Briten bei den Arabern keinen guten Eindruck hinterlassen: Die von London unterstützte Gründung des jüdischen Staates Israel in Palästina eröffnete 1948 den Nahostkonflikt. Dem Bagdadpakt treten nur Iran und Pakistan bei.

Technik

Der 25. Genfer Automobilsalon wird feierlich eröffnet. 642 Firmen aus 14 Ländern stellen die neuesten Modelle vor. Großes Interesse finden die Autos aus der BRD, die mit einer Jahresproduktion von 700 000 Pkw bereits an die zweite Stelle hinter den USA getreten ist.

Preise in den 50er Jahren

1 kg Butter	6,75
1 kg Mehl	0,76
1 kg Fleisch	5,01
1 l Vollmilch	0,40
1 Ei	0,23
10 kg Kartoffeln	2,14
1 kg Kaffee	21,40
Stundenlohn	1,96

in DM, Stand 1955

Wetter

Noch viel zu kalt ist es mit einem Schnitt von 0,6 °C im März 1955. Der wolkenverhangene Himmel macht es der Sonne schwer.

Samstag 10. März

Politik

Den Entschädigungszahlungen an Jugoslawien stimmt der Bundestag nach langwierigen Debatten zu. Zum Ausgleich der im Zweiten Weltkrieg erlittenen Schäden soll die jugoslawische Regierung 300 Millionen DM erhalten. Das Land wurde 1941 u.a. von deutschen Truppen besetzt. Die Besatzungsmächte errichteten ein Terrorregime, mit dessen Hilfe sie versuchten, den Widerstand der Jugoslawen zu brechen. Zum Anführer im Partisanenkampf gegen die Besatzer wurde der jetzige Staatspräsident Tito.

Stets korrekt und im Zweifelsfall eher weit geschnitten: Herrenmode in den 50ern

Gesellschaft

In die lange Schlange der Gratulanten reiht sich in Rom auch Bundesaußenminister Brentano ein. Papst Pius XII. empfängt ihn im Rahmen der offiziellen Feierlichkeiten zu seinem 80. Geburtstag, den er am 2. März beging.

Wetter

Strahlender Sonnenschein leitet im März 1956 den Frühling ein. Die Temperaturen steigen auf durchschnittlich 3,2 °C. Das schöne Wetter wird nur gelegentlich von Regengüssen getrübt.

Sonntag 10. März

Politik

Mitten im schönsten Wirtschaftswunder fordert Wirtschaftsminister Ludwig Erhard zum »Maßhalten« auf. In seiner Rede zur Eröffnung der Leipziger Frühjahrsmesse warnt Erhard davor, die deutsche Volkswirtschaft zu überfordern. Er spielt damit auf die seit Wochen anhaltenden Diskussionen über Preissteigerungen bei Lebensmitteln an. Erhard erläutert, die Teuerungen zögen höhere Lohnforderungen nach sich und produzierten eine Lohn-Preis-Spirale, die die deutsche Wirtschaft unter Druck setze.

Für eine gute Figur auf der Tanzfläche: Kleid aus Chiné-Taft

Sport

Die bundesdeutsche Fußballnationalmannschaft gewinnt in Wien 3:2 gegen die Elf aus Österreich.

Wetter

Angenehm mild ist es im März 1957 mit 5,8 °C im Schnitt. Die Sonne ist aber selten zu sehen. Während der langjährige Mittelwert für die Sonnenscheindauer im März bei 151 Stunden liegt, werden 1957 nur 92 Stunden gemessen.

Montag 10. März

Politik

Adenauer wird Ritter. In einer feierlichen Zeremonie schlägt Hochmeister Marian Tumler den Kanzler in einer Kölner Kirche zum Ehrenritter des Deutschen Ordens. Für den katholischen Kanzler bedeutet die Aufnahme eine ganz besondere Ehre. Der Orden entstand vor mehr als 800 Jahren und schickte seine Ritter in den Kampf gegen das Heidentum. Besonders aktiv wurden sie in Osteuropa und im späteren Preußen, wo sie für die Ansiedlung christianisierter deutscher Bauern sorgten.

Gartenzwerge sind der Renner auf der Norddeutschen Gärtnerbörse in Hamburg. Sie sind nicht nur des Deutschen liebster Gartenschmuck. Tausende Exemplare werden nach Japan und Südamerika verkauft.

Sport

Eishockey-Weltmeister wird zum 16. Mal seit 1924 Kanada. Die Witby Dunlops siegen in Oslo mit einem überlegenen 4:2 gegen das sowjetische Team. Schweden, das bei Abwesenheit Kanadas im Vorjahr Weltmeister wurde, belegt den dritten Platz.

Wetter

Noch in weiter Ferne scheint der Frühling im März 1958 bei einer mittleren Temperatur von 0,5 °C. Die Sonne zeigt sich nur selten.

Dienstag 10. März

Politik

Während des Neujahrsfestes in Tibet bricht ein blutiger Kampf gegen die chinesische Besatzung des Landes aus. Am 17. März flieht das religiöse Oberhaupt des tibetischen Priesterstaates, der Dalai Lama, nach Indien ins Exil. Seit 1950 hält China das Land erneut besetzt, das bereits im 18. Jahrhunderts erstmals unter chinesische Kontrolle geriet. Die Unabhängigkeitskämpfe der Tibeter halten bis in die 90er Jahre an.

Politik

Die Anerkennung der Oder-Neiße-Linie als Westgrenze Polens fordert der Chef der Polnischen Arbeiterpartei, Gomulka, von der BRD. Die Linie wurde 1945 von den Alliierten als deutsch-polnische Grenze festgelegt. Die dahinter liegenden ehemals deutschen Gebiete gingen an Polen. Erst 1970 akzeptiert die Bundesrepublik im Rahmen der neuen Ostpolitik von Kanzler Brandt die Grenze. 1990 erfolgt die Anerkennung der Oder-Neiße-Linie durch das wiedervereinigte Deutschland.

Wetter

Ausgiebig schön ist der März 1959. Die Temperaturen steigen auf durchschnittlich 7,1 °C und liegen damit weit über dem langjährigen Mittel (3,9 °C).

1960–1969

Highlights des Jahrzehnts

1960

- Gründung der EFTA
- Frankreich wird 4. Atommacht
- John F. Kennedy wird 35. Präsident der USA
- Hochzeit des Jahres: Fabiola und König Baudouin von Belgien

1961

- Erster Mensch im Weltraum: der Russe Juri Gagarin
- Bau der Mauer in Berlin
- Gründung von Amnesty International

1962

- Flutkatastrophe an der Nordseeküste und in Hamburg
- Kuba-Krise: USA erzwingen Abbau sowjetischer Raketenbasen
- »Spiegel«-Affäre löst Regierungskrise aus
- Start der erfolgreichsten Serie der Kinogeschichte: James Bond

1963

- Deutsch-Französischer Freundschaftsvertrag
- US-Präsident Kennedy wird in Dallas erschossen
- Marika Kilius und Hans-Jürgen Bäumler werden Weltmeister im Eiskunstlaufen

1964

- Die USA greifen in den Vietnamkrieg ein
- Revolution in der Damenmode: der Minirock
- Der 22jährige Cassius Clay wird jüngster Boxweltmeister
- UdSSR: Breschnew neuer KP-Chef
- Erfolgreichste Pop-Gruppe der 60er: die Beatles
- Den Rolling Stones gelingt der internationale Durchbruch

1965

- Im Alter von 90 Jahren stirbt in London Winston Churchill
- Erste Fotos vom menschlichen Embryo im Mutterleib
- Ziehung der Lottozahlen erstmals im Fernsehen

1966

- Große Koalition aus CDU/CSU und SPD gebildet
- APO beginnt sich zu formieren

1967

- Sechs-Tage-Krieg in Nahost
- Erste Herztransplantation
- Bürgerkrieg in Biafra
- Kult-Musical »Hair« wird uraufgeführt

1968

- Ermordung des schwarzen Bürgerrechtlers Martin Luther King und des US-Präsidentschaftskandidaten Robert Kennedy
- »Prager Frühling« durch Einmarsch von Warschauer-Pakt-Truppen beendet
- Aufklärungswelle erreicht den Schulunterricht

1969

- Willy Brandt wird Kanzler einer sozialliberalen Koalition
- Der erste Mensch betritt den Mond
- »Sesamstraße« begeistert Millionen von Kindern
- Rockfestival in Woodstock

◄ **1969: Die ganze Welt wird vor dem Fernseher mondsüchtig**

Donnerstag 10. März

Politik

Ein endgültiges Urteil fällt der Bundesgerichtshof in Karlsruhe. Die Richter weisen den Berufungsantrag des ehemaligen Bundestagsabgeordneten Hasso von Manteuffel zurück. Er wurde 1959 von einem Düsseldorfer Gericht wegen Totschlags verurteilt, weil er als Wehrmachtsgeneral im Zweiten Weltkrieg einen Soldaten erschießen ließ, der bereits von einem Kriegsgericht zu zwei Jahren Haft verurteilt worden war. Manteuffel selbst forderte 1953, die Verfolgung von Kriegsverbrechern einzustellen.

»Mini« heißt das Schlagwort der 60er – hier in Form eines Strickkleides

Gesellschaft

Die neuesten technischen Errungenschaften präsentierten Hersteller aus aller Welt auf der Frankfurter Frühjahrsmesse, die heute nach fünf Tagen zu Ende geht. Unter den sog. Konsumgütern erweist sich die elektrische Zahnbürste als Renner.

Wetter

Das Frühjahr beginnt im März 1960, der mit 4,1 °C etwas wärmer als normal ist (langjähriger Mittelwert 3,9 °C), nach Plan. Dabei bleibt es mit nur 19 mm Regen sehr trocken.

Freitag 10. März

Politik

Das Nachrichtenmagazin »Newsweek« geht für umgerechnet 32 Millionen DM an die US-amerikanische Zeitung »Washington Post«. Die Zeitung erwirbt 59 % der Anteile. Außerdem bietet die »Washington Post« an, die übrigen Aktien zu gleichen Bedingungen zu kaufen. Die populäre »Newsweek« hat eine Auflage von 1,46 Millionen. Die Leitung der Zeitschrift soll der Präsident der »Washington Post«, Philip Graham, übernehmen.

Kurzer Mantel mit Schlaghose: Auch in die Männermode kommt Bewegung

Politik

Südafrikas brutale Rassentrennungspolitik stößt während einer Konferenz der Commonwealth-Staaten in London auf harte Kritik. Am 15. März tritt Südafrika aus der Staatengemeinschaft aus. Seit etwa zwei Jahren führt die Unterdrückung der schwarzen Bevölkerung durch die weiße Minderheit zu gewaltsamen Ausschreitungen.

Wetter

Bereits sehr warm mit 6,7 °C im Monatsdurchschnitt ist es im März 1961.

Samstag 10. März

Politik

Mit allen Mitteln versucht die Sowjetunion, den Flugverkehr im sog. Luftkorridor zwischen bundesdeutschem Gebiet und Westberlin zu stören. Sowjetische Militärflugzeuge werfen stundenlang Stanniolstreifen über dem Gebiet ab und sorgen damit für heilloses Chaos bei Radarkontrollen und im Funkverkehr. Bereits im Februar häuften sich Störmanöver im Korridor. Die Presse vermutet, daß sie im Zusammenhang mit dem Besuch von Robert F. Kennedy, dem Bruder des US-Präsidenten, stehen, der unmißverständlich auf die Rolle der USA als »Schutzmacht« Berlins hinwies.

Kultur

Der »Fall Karajan« ist gelöst. Die österreichischen Behörden teilen mit, daß der Stadirigent Herbert von Karajan als Leiter der Wiener Staatsoper zurückkehren wird. Er legte im Februar den Taktstock nieder, als die Bühnenarbeiter gegen seinen Willen die 45-Stunden-Woche durchsetzten.

Wetter

Außergewöhnlich kalt bleibt es im März 1962 mit einem Monatsschnitt von gerade 1,0 °C gegenüber einem Normalwert von 3,9 °C. Auch die Sonne scheint mit 106 Stunden seltener als gewöhnlich.

Sonntag 10. März

Politik

Auch die Evangelische Kirche in Deutschland (EKD) wird geteilt. Die aus 160 gewählten Mitgliedern bestehende Synode wird bei Bielefeld erstmals ohne die 41 Vertreter aus der DDR abgehalten. Ihnen wurde vom SED-Regime die Ausreise in die BRD verweigert. Die Kirchenvertreter in Bielefeld beschließen, die gesamtdeutsche EKD dennoch nicht aufzulösen. Die DDR kämpft seit Jahren gegen die deutsch-deutschen Kontakte der Kirchen.

Stars der 60er Jahre

Die Beatles
Popgruppe
Sean Connery
Filmschauspieler
Pelé
Fußballspieler
Jean Paul Belmondo
Filmschauspieler
Dustin Hoffman
Filmschauspieler

Politik

Vom Ende des »Langustenkriegs« berichten französische Zeitungen. Am Vortag pfiff Brasilien nach langwierigen Verhandlungen seine Kriegsschiffe zurück, welche die Langustenbestände vor französischen Fischern schützen sollten.

Wetter

Noch winterlich ist es im März 1963: Die Temperaturen von durchschnittlich 2,7 °C liegen deutlich unter dem Mittelwert von 3,9 °C. Anfangs fallen die 41 mm Niederschläge häufig als Schnee.

Dienstag 10. März

Gesellschaft

Die Briten feiern Prinz Edwards Geburt. Seine Mutter, Königin Elizabeth II., ist wohlauf. Edwards Chancen, einst den Thron zu besteigen, sind allerdings nicht groß. Darauf warten bereits seine großen Brüder, Kronprinz Charles und Prinz Andrew, sowie seine Schwester, Prinzessin Anne, die allerdings – als Frau – das Schlußlicht in der Thronfolge bildet. Elizabeth II. schlägt mit Edwards Geburt alle Rekorde. Seit 1857 hat keine britische Königin während ihrer Amtszeit ein Kind geboren. Mit Edward präsentiert die Queen nach Andrew schon das zweite »echte Königskind«.

Kultur

Die Warschauer National-Philharmonie ist in Nürnberg zu Gast. Das Orchester präsentiert vorwiegend Werke polnischer Komponisten, wie dem modernen Krzystof Penderecki. Insgesamt sind 14 Konzerte in zwei Wochen im ganzen Bundesgebiet vorgesehen.

Wetter

Sehr kalt bleibt es im März 1964 mit einem Monatsdurchschnitt von nur 0,4 °C. Dabei scheint die Sonne 119 Stunden lang, doch fällt der Niederschlag von 38 mm fast durchweg als Schnee.

Mittwoch 10. März

Politik

Als erste Anrainerstaaten der Nordsee unterzeichnen Großbritannien und Norwegen in der britischen Hauptstadt London ein Abkommen, das die Grenzen beider Länder auf dem Meeresboden festlegt. Der Vertrag soll internationale Konflikte bei der Förderung von Erdöl und Erdgas aus der Nordsee vermeiden.

Kultur

Der erotische Roman »Die Memoiren der Fanny Hill« von John Cleland kommt in der Bundesrepublik auf die Liste der »jugendgefährdenden Schriften« und darf damit an Minderjährige nicht mehr verkauft werden. Das 1749 erstmals erschienene Werk schildert die »Karriere« eines jungen Mädchens vom Lande, das sich in London zur Prostituierten entwickelt.

Rekorde in den 60er Jahren

Stabhochsprung: Brian Sternberg (USA) – 5,00 m (1963)
Hochsprung: V. Brumel (URS) – 2,28 m (1963)
Weitsprung: Bob Beamon (USA) – 8,90 m (1968)
100 m: Jim Hines (USA) – 9,9 sec (1968)

Wetter

Wenig frühlingshaft gibt sich der März in diesem Jahr. Bei klammen 2,3 °C fällt mit 61 mm doppelt soviel Regen, wie der langjährige Mittelwert für diesen Monat erwarten läßt.

Donnerstag 10. März

Gesellschaft

Die Vermählung »ihrer« Kronprinzessin feiern die Niederländer. In Amsterdam säumen 80 000 Menschen die Straßen, um Prinzessin Beatrix und dem deutschen Diplomaten Claus von Amsberg auf dem Weg zur Westerkirche zuzujubeln. Dort erwarten Vertreter aus 48 Staaten das Paar zum Traugottesdienst. Die Hochzeit ist in den Niederlanden umstritten. Kommunisten, Pazifisten und Vertreter jüdischer Organisationen kritisieren die als eigensinnig geltende Prinzessin wegen ihrer Wahl. Sie lehnen den Bräutigam wegen seiner deutschen Herkunft ab.

Politik

Warnende Worte richtet der Zentralrat der Juden an die Bundesregierung. Anlaß dazu geben die zunehmenden Schändungen jüdischer Friedhöfe. Der Rat prangert den »moralischen Tiefstand« in Deutschland an. Erst kürzlich registrierte ein Bericht die Zunahme antijüdischer Gewalttaten.

Wetter

Feucht gestaltet sich der Frühlingsstart im März 1966. Mit 87 mm liegt die Niederschlagsmenge wesentlich höher als im langjährigen Mittel (31 mm). Nur 94 statt 151 Stunden Sonne werden gemessen.

Freitag 10. März

Politik

Eine Verfassung für den Notfall beschließt das Bonner Kabinett. Sie soll bei Unruhen verhindern, daß die Bundesregierung handlungsunfähig wird. Auslöser sind die anhaltenden Studentenproteste. Vorgesehen ist u.a., daß der Bundeskanzler das Kommando über die Bundeswehr übernimmt und verbriefte Grundrechte aufgehoben werden können. Gegen diese Vorschläge bricht ein Sturm der Entrüstumg los. Tausende erinnern in Demonstrationen daran, daß Hitler und die NSDAP 1933 die Notstandsgesetze zur Aushöhlung des parlamentarischen Systems mißbrauchten.

Gesellschaft

Die Tochter des Ex-Diktators Stalin, Swetlana Allilujewa, trifft in der Schweiz ein. Sie bat um Asyl, erhielt aber nur ein befristetes Visum. Ende März reist sie in die USA weiter.

Wetter

Tiefausläufer vom Atlantik bescheren einen mit 6,3 °C zwar warmen, aber auch wolkenreichen März 1967. Trotz 136 Sonnenstunden fallen dabei 36 mm Niederschlag.

Preise in den 60er Jahren

1 kg Butter	7,58
1 kg Mehl	1,06
1 kg Fleisch	7,91
1 l Vollmilch	0,50
1 Ei	0,21
10 kg Kartoffeln	2,88
1 kg Kaffee	16,61
Stundenlohn	4,15

in DM, Stand 1964

Sonntag 10. März

Politik

Einen Werbefeldzug starten Sprach- und Literaturwissenschaftler in Schleswig-Holstein. Sie spornen Gymnasiasten an, den Lehrerberuf zu ergreifen. Gleichzeitig fordern sie höhere Gehälter für angehende Lehrer während ihrer Referendariatszeit. Zur Zeit kommen auf jeden Lehrer durchschnittlich 29 Schüler. Besserung tritt erst ein, als Anfang der 70er Jahre die Ausbildungsförderung (BAföG) eingeführt wird, die mehr Schulabgängern das Studium ermöglicht. Dafür herrscht später an den Unis drangvolle Enge.

Politik

Die Studenten melden sich zu Wort. Auf einer Tagung des Verbands Deutscher Studenten nehmen sie zu den zentralen Themen der Protestbewegung Stellung: Die Einmischung der USA in den Vietnamkrieg wird scharf verurteilt. Außerdem fordern sie eine Hochschulreform, die u.a. sog. Studentengehälter vorsieht.

Wetter

Frühlingshafte 5 °C im Schnitt vertreiben im März 1968 die Gedanken an den Winter. Die Sonnenscheindauer bleibt mit 143 Stunden knapp unter dem langjährigen Mittel von 151 Stunden.

Montag 10. März

Politik

Der Mörder des farbigen Bürgerrechtlers und Friedensnobelpreisträgers Martin Luther King wird in Memphis/Tennessee zu 99 Jahren Haft verurteilt. Der weiße Angeklagte erschoß King am 4. April 1968. Seit 1955 setzte sich King für den gewaltlosen Widerstand gegen Diskriminierung und Rassenhetze in den USA ein. Weltberühmt machte ihn seine Rede »Ich habe einen Traum«, die er 1963 vor 250 000 Menschen zum Abschluß eines Protestmarsches in Washington hielt. Seine Ermordung löste weltweit Erschütterung aus. In den USA munkelt man seither, es habe sich um eine Verschwörung gehandelt. Der Angeklagte selbst bestreitet dies nicht. Der Prozeß endet überraschend bereits nach einigen Stunden und noch überraschender nicht mit dem erwarteten Todesurteil.

Wegen der Vorführung eines »anstößigen« und daher verbotenen Films, »Das Doppelleben der Schwester George«, muß ein Bostoner Kinobesitzer sechs Monate hinter Gitter. Erst als die Kritik den Film zu einem der zehn besten des Jahres kürt, wird das Werk von Regisseur Aldrich rehabilitiert.

Wetter

Der Winter beherrscht den März 1969. Temperaturen um den Gefrierpunkt und eine hohe Niederschlagsmenge von 51 mm (normal sind 31 mm) lassen keine Frühlingsgefühle aufkommen.

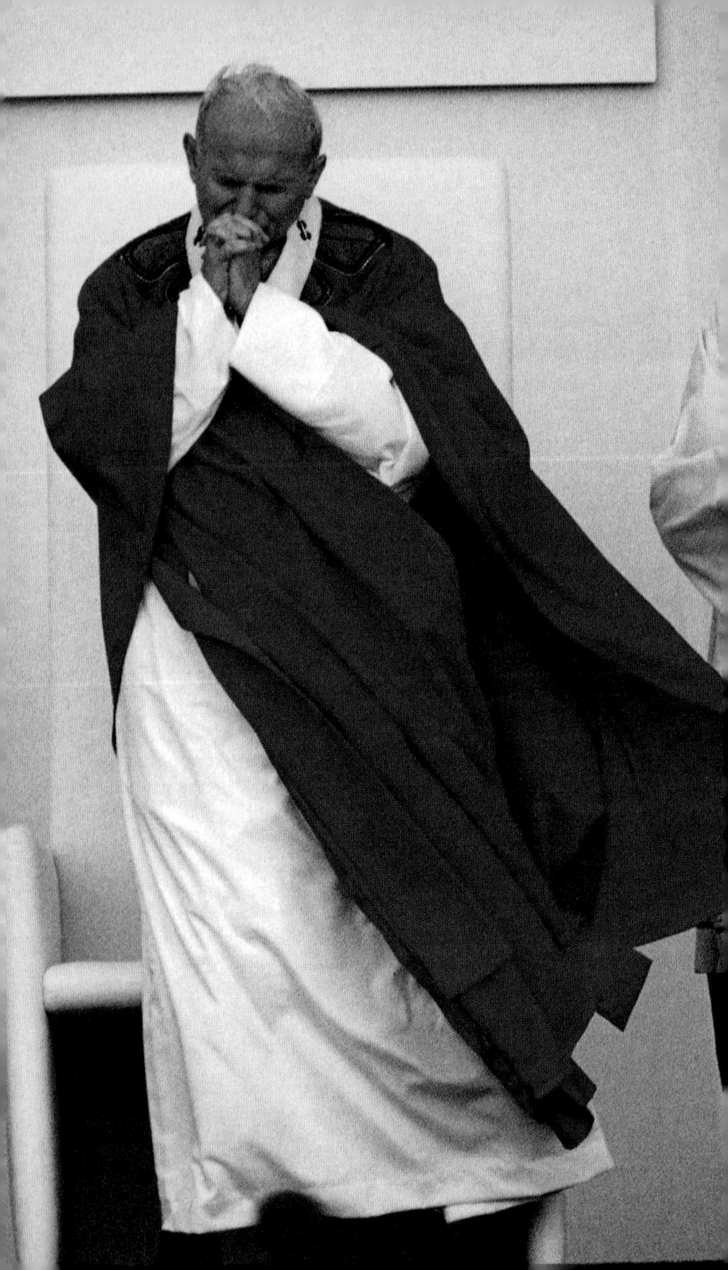

1970–1979

Highlights des Jahrzehnts

1970

- Neue deutsche Ostpolitik: Moskauer und Warschauer Vertrag
- Vietnamkrieg weitet sich auf Kambodscha aus
- Einstellung des Contergan-Prozesses

1971

- Einführung des Frauenwahlrechts in der Schweiz
- Friedensnobelpreis für Willy Brandt
- Hot pants – Modeschlager der Saison
- Kinohit »Love Story« rührt Millionen Zuschauer zu Tränen

1972

- Unterzeichnung des Rüstungskontrollabkommens SALT I
- Verhaftung von Baader-Meinhof-Terroristen
- Überfall palästinensischer Terroristen auf die israelische Mannschaft bei den Olympischen Spielen in München
- Unterzeichnung des Grundvertrages zwischen Bundesrepublik und DDR

1973

- Aufnahme beider deutscher Staaten in die UNO
- USA ziehen ihre Truppen aus Vietnam zurück
- Jom-Kippur-Krieg in Nahost
- Ölkrise: Sonntagsfahrverbot auf bundesdeutschen Straßen

1974

- Guillaume-Affäre stürzt Willy Brandt, neuer Bundeskanzler wird Helmut Schmidt
- Watergate-Affäre zwingt US-Präsident Nixon zum Rücktritt
- Deutschland wird Fußballweltmeister
- »Nelkenrevolution« in Portugal

1975

- Beginn des Bürgerkriegs im Libanon
- Unterzeichnung der KSZE-Schlußakte in Helsinki
- Spanien: Tod Francos und demokratische Reformen unter König Juan Carlos I.
- Einweihung des 3 km langen Elbtunnels in Hamburg
- Volljährigkeit von 21 auf 18 Jahre herabgesetzt

1976

- Umweltkatastrophe in Seveso
- Anschnallpflicht für Autofahrer
- Traumhochzeit des Jahres: Karl XVI. Gustav von Schweden heiratet die Deutsche Silvia Sommerlath

1977

- Entführung und Ermordung des Arbeitgeberpräsidenten Hanns Martin Schleyer
- Emanzipationswelle: Frauenzeitschrift »Emma« erscheint

1978

- Friedensverhandlungen zwischen Israel und Ägypten in Camp David
- In England kommt das erste Retortenbaby zur Welt

1979

- Überfall der Sowjetunion auf Afghanistan
- Schiitenführer Khomeini proklamiert im Iran die Islamische Republik
- Sandinistische Revolution beendet Somoza-Diktatur in Nicaragua

◀ **Reiselustig: Mit Johannes Paul II. wird 1978 erstmals ein Pole Papst**

Dienstag 10. März

Politik

Ein verzweifelter Versuch, dem »Gefängnis DDR« zu entkommen, endet für zwei Männer tödlich. Sie versuchen, ein DDR-Flugzeug von Ostberlin in den Westen zu entführen. Als der Pilot ihre Forderungen nicht erfüllt, begehen sie Selbstmord. Seit dem Mauerbau 1961 versuchen immer wieder DDR-Bürger, auf teils abenteuerlichen Wegen in die BRD zu gelangen. Das SED-Regime reagiert darauf mit verschärfter Grenzsicherung. Schon seit Jahren haben die DDR-Grenzer »Schießbefehl«. Ein Bericht des Bundesgrenzschutzes gibt 1971 an, daß bereits 86 Menschen bei Fluchtversuchen umgekommen seien und die DDR-Grenzen mit zwei Millionen Minen »gesichert« seien.

Gesellschaft

Zum »Jahr der Erziehung« erklären die Vereinten Nationen das Jahr 1970. In allen Mitgliedsstaaten werden Tagungen und Konferenzen zum Thema moderne Pädagogik veranstaltet.

Wetter

Unangenehm naß und kalt verläuft der März 1970. 70 mm Niederschlag (Mittelwert 31 mm) bei nur 127 Sonnenstunden (Mittelwert 151) drücken die Stimmung – und die Temperatur auf 1,4 °C.

Mittwoch 10. März

Politik

In Australien wird der bisherige Außenminister William McMahon als Ministerpräsident vereidigt. Sein Vorgänger John G. Gorton ist aufgrund von parteiinternen Differenzen zurückgetreten.

Politik

Amerikaner haben Vertrauen in die Jugend: Durch eine Verfassungsänderung wird in den USA das Wahlalter auf 18 Jahre herabgesetzt.

Sport

Die Österreicherin Annemarie Pröll sichert sich den Weltcup der Damen im alpinen Skisport.

Stars der 70er Jahre

Robert de Niro
Filmschauspieler
Jane Fonda
Filmschauspielerin
Woody Allen
Filmregisseur
Steven Spielberg
Filmregisseur
Muhammad Ali
Boxer

Gesellschaft

Bundesrepublik öffnet sich dem Osten: Der Bundestag hebt alle noch geltenden Beschränkungen für den Bezug von DDR-Publikationen auf.

Wetter

Wie im Vorjahr verweigert auch der März 1971 den Frühlingsbeginn mit zu kühlen 2,2 °C.

Freitag 10. März

Politik

Zur neuen Gangart der Bundesregierung nimmt der erste Sekretär der SED, Erich Honecker, in Leipzig Stellung. Voll des Lobes ist er über die sog. Ostverträge mit Polen und der Sowjetunion (1970). Sie gehen auf Bundeskanzler Brandt zurück, der sich als erster bundesdeutscher Regierungschef um einen »Wandel durch Annäherung« und ein besseres Verhältnis zum sog. Ostblock bemüht. In den Verträgen sicherte die Bundesrepublik u.a. die Anerkennung der Grenzen und den Verzicht auf Gebietsansprüche zu.

Politik

Zum unumschränkten Herrscher in Kambodscha schwingt sich der konservative General Lon Nol auf. Er entmachtet das Parlament und ernennt sich zum Staatspräsidenten. 1970 stürzte Lon Nol seinen Vorgänger Sihanuk. Im Kampf gegen die kommunistischen »Roten Khmer« unterliegt er jedoch 1975.

Wetter

Einen langen, kräftigen Winter beendet der März 1972. Das Quecksilber klettert unter dem Einfluß von 154 Sonnenscheinstunden auf 5,9 °C – 2 °C über den langjährigen Mittelwert für diesen Monat.

Samstag 10. März

Kultur

Die Filmwelt trauert um einen großen Regisseur. Im Alter von 72 Jahren stirbt Robert Siodmak in der Schweiz. Der Deutsch-Amerikaner gilt als Hauptvertreter der »Schwarzen Serie«, die in den 40er Jahren den Kriminalfilm revolutionierte. Mit seinem Film »Die Wendeltreppe« (1945), in dem er Licht- und Schatteneffekte meisterlich einsetzte, gab er dem neuen Stil entscheidende Impulse.

Kultur

Über das Urteil im Kandinsky-Prozeß berichten deutsche Zeitungen. Die Witwe des 1944 verstorbenen Malers Wassily Kandinsky verklagte Lothar-Günther Buchheim, der ein Buch über den Wegbereiter der abstrakten Malerei mit zahlreichen Abbildungen von Kandinsky-Werken veröffentlicht hat. Laut dem gestrigen Urteil gilt der Abdruck als Verletzung des Urheberrechts.

Rekorde in den 70er Jahren

100 m: Marlies Göhr (GDR) – 10,88 sec (1977)
Hochsprung: Rosemarie Ackermann (GDR) – 2,00 m (1977)
Weitsprung: Vilma Bardauskiene (URS) – 7,09 m (1978)
800 m: S. Coe (GBR) – 1:42,4 min (1979)

Wetter

Warm und sehr naß präsentiert sich der März 1973. Bei durchschnittlich 5,6 °C fallen 73 mm Regen.

1974

Sonntag 10. März

Gesellschaft

Mit 29jähriger Verspätung feiert heute ein japanischer Soldat das Ende des Zweiten Weltkriegs. Bis jetzt hatte er im philippinischen Dschungel ausgeharrt, wohin ihn 1944 sein General entsandt hatte. Er sollte dort den Guerillakampf gegen die alliierten Truppen vorbereiten und »unter keinen Umständen freiwillig zurückkehren«. Schließlich spürte ihn ein japanischer Tourist auf und bewegte ihn nun zur späten Kapitulation.

Preise in den 70er Jahren

1 kg Butter	8,36
1 kg Mehl	1,16
1 kg Fleisch	10,15
1 l Vollmilch	1,06
1 Ei	0,22
10 kg Kartoffeln	6,44
1 kg Zucker	1,65
Stundenlohn	10,40

in DM, Stand 1975

Sport

Als glänzender Sieger geht die rumänische Mannschaft aus den Hallenhandball-Weltmeisterschaften hervor. Sie gewinnt in Ostberlin das Finalspiel gegen die DDR-Konkurrenz mit 14:12.

Wetter

Einen herrlichen Vorfrühling bringt der März 1974. 173 Sonnenstunden treiben die Temperaturen auf einen Monatsschnitt von 6,3 °C. Der langjährige Mittelwert liegt bei 3,9 °C. Mit 12 mm Niederschlag fällt nur ungefähr ein Drittel der langjährigen Durchschnittsmenge.

Montag 10. März

Politik

Einen empfindlichen Image-Verlust muß der US-Geheimdienst CIA hinnehmen. Zwei Ex-Politiker erklären in aller Öffentlichkeit, daß die Geheimdienstler gemeinsame Sache mit der Mafia gemacht hätten, um 1967 den kubanischen Staatschef Fidel Castro zu ermorden. Der sozialistische Revolutionär ist zwar einer der Lieblingsfeinde der USA, dennoch sind die Amerikaner über die Methoden ihres Geheimdienstes schockiert. Der CIA war bereits während des Vietnamkrieges seit 1964 in Verruf geraten, als bekannt wurde, daß er Kriegsgegner in den USA ausspionierte.

Politik

Peinliche Offenbarungen hat auch die BRD zu bieten: »Der Spiegel« veröffentlicht eine geheimgehaltene Rede des CSU-Chefs Franz Josef Strauß. Er beschimpft darin die SPD/FDP-Regierung als »Gangster«, denen durch aggressive Opposition das Handwerk gelegt werden müsse.

Wetter

Wenig spektakulär verläuft der März 1975. Mit 4,4 °C ist es 0,5 °C wärmer als normalerweise, obwohl nur 131 Sonnenstunden (langjähriger Mittelwert 151) registriert werden.

Mittwoch 10. März

Politik

Bis in den Weltraum streckt das Verteidigungsbündnis NATO seine Fühler aus. Ein Sprecher teilt in Brüssel mit, daß in den nächsten Wochen drei NATO-Satelliten sowie unterirdische Sende- und Empfangsanlagen in Betrieb gehen werden. Mit Hilfe dieser High-Tech-Ausrüstung soll im Falle eines »Angriffs aus dem Osten« die Verständigung der NATO-Partner untereinander aufrechterhalten werden. Militärisch genutzte Satelliten werden seit Ende der 50er Jahre im Weltraum »plaziert«.

Ausgestellte Hosen und viel Schmuck trägt die moderne Frau in den 70er Jahren

Politik

Vorsorge gegen die »Rote Gefahr« treffen auch Australien und Neuseeland. Beide fordern die USA zu verstärkter militärischer Zusammenarbeit auf. Sorge bereiten ihnen vor allem die verstärkten sowjetischen Manöver im Indischen Ozean.

Wetter

Viele wolkenverhangene Tage trüben im März 1976 die Stimmung. Mit 116 Sonnenstunden liegt der Monat fast ein Drittel unter dem Durchschnitt.

Donnerstag 10. März

Politik

Mit ungläubigem Erstaunen reagiert die Bundesregierung auf eine anti-deutsche Großdemonstration in Polen. Sie richtet sich gegen Forderungen der BRD nach Rückgabe der ehemals deutschen Gebiete. Der Bundesregierung ist von solchen Forderungen nichts bekannt. Aufklärung kommt aus Polen selbst. Angehörige der Opposition teilen mit, es handele sich um ein Ablenkungsmanöver der kommunistischen Regierung, um die drohenden Unruhen gegen die politische Unterdrückung zu vertuschen.

Voll im Zeitgeschmack: Der Midimantel mit aufgesetzten Taschen für kalte Winter

Politik

Nach sechs Jahren dürfen marokkanische Zeitungen heute erstmals wieder frei ihre Meinung äußern. König Hassan II. hob gestern die Zensur auf.

Wetter

»Schmuddelwetter« beherrscht den März 1977. Mit 81 Sonnenstunden bietet der Monat gerade die Hälfte des langjährigen Mittels. Es fallen 59 mm Niederschläge.

Samstag 10. März

Technik

Einen neuen »Weltraumrekord« stellen die beiden sowjetischen Kosmonauten Juri Romanenko und Georgi M. Gretschko auf. Sie kehren heute nach 96 Tagen und zehn Stunden mit dem Raumschiff »Sojus 28« wohlbehalten zur Erde zurück. Die beiden koppelten mit der »Sojus« an die sowjetische Raumstation »Saljut 6« an, die seit September 1977 in einer Erdumlaufbahn unterwegs ist. An Bord des sowjetischen Weltraum-Stützpunktes führten sie zahlreiche Messungen und Tests durch. Bereits im Juni startet die nächste sowjetische Kosmonautenmannschaft zum Daueraufenthalt ins All. Sie kehrt nach 139 Tagen zurück.

Kultur

Der begehrte Max-Beckmann-Preis wird in Frankfurt am Main dem deutschen Maler Richard Oelze überreicht. Er zählt mit seinen abstrakten Bildern zu den bedeutendsten deutschen Vertretern des Surrealismus.

Wetter

Viel Regen gibt es im März 1978. 62 mm Niederschläge – das ist doppelt soviel wie der langjährige Mittelwert – sorgen für reichlich Feuchtigkeit in der durchschnittlich 5,7 °C warmen Luft.

Sonntag 10. März

Politik

Der französische Staatspräsident Giscard d'Estaing beendet einen zweitägigen Besuch in Rumänien. Für das südosteuropäische Land hat sich die Visite des reisefreudigen Präsidenten gelohnt. Fünf Abkommen über Wirtschaftshilfeprojekte wurden unterzeichnet. Als besonders vielversprechend bezeichnet das rumänische Außenhandelsministerium den Bau eines Renault-Werkes.

Sport

Die »doppelten Kießlings« sind die unumschränkten Helden des Tages in Köln. Ihnen verdankt die Eishockey-Mannschaft der Stadt den Sieg über den SC Riessersee und damit den Deutschen Meistertitel. Vater Kießling dirigierte das Spiel als Trainer, während Sohn Kießling als Verteidiger auf dem Eis brillierte.

Endlich spielt beim Fußball das Wetter wieder mit. Zum ersten Mal nach über drei Monaten kann in der Bundesliga wieder ein kompletter Spieltag ausgetragen werden. Wegen Dauerregen fielen bereits 45 Spiele ins Wasser.

Wetter

Der harte Winter 78/79 will noch nicht so recht ausklingen. Der März 1979 ist mit 3,3 °C etwas zu kalt und bleibt mit 89 Sonnenstunden 40% unter dem langjährigen Mittel von 151 Stunden.

1980–1989

Highlights des Jahrzehnts

1980

- Golfkrieg zwischen Iran und Irak
- Gründung einer neuen Bundespartei: »Die Grünen«
- Bildung der polnischen Gewerkschaft »Solidarność«

1981

- Attentate auf US-Präsident Ronald Reagan, den Papst und Ägyptens Staatschef Anwar As Sadat
- Erster Start der wiederverwendbaren Raumfähre »Columbia«
- In den USA werden die ersten Fälle von AIDS bekannt
- Hochzeit des Jahres: Der britische Thronfolger Charles, Prince of Wales, heiratet Lady Diana

1982

- Krieg um die Falkland-Inseln
- Sozialliberale Koalition bricht auseinander; Helmut Kohl wird neuer Bundeskanzler
- Selbstjustiz vor Gericht: der »Fall Bachmeier«
- »E. T. – der Außerirdische« wird zum Kinohit

1983

- US-Invasion auf Grenada
- Skandal um gefälschte Hitler-Tagebücher
- Aerobic wird in der Bundesrepublik populär

1984

- Richard von Weizsäcker wird Bundespräsident
- Ermordung von Indiens Ministerpräsidentin Indira Gandhi, Nachfolger wird ihr Sohn Rajiv Gandhi

1985

- Michail Gorbatschow wird neuer Kremlchef
- Sensation: Boris Becker siegt als erster Deutscher in Wimbledon
- »Live-Aid-Concert« für Afrika

1986

- Attentat auf Schwedens Ministerpräsident Olof Palme
- Katastrophe im Kernkraftwerk Tschernobyl
- Explosion der US-Raumfähre »Challenger«
- Premiere des Musicals »Cats« in Hamburg

1987

- Widerstand gegen Volkszählung
- Barschel-Affäre in Kiel
- Matthias Rust landet mit einem Sportflugzeug auf dem Roten Platz in Moskau

1988

- Atommüllskandal in Hessen
- Ende des Golfkriegs
- Geiseldrama von Gladbeck als Medienspektakel
- Dopingskandal überschattet Olympische Spiele in Seoul
- Reagan und Gorbatschow vereinbaren Verschrottung atomarer Mittelstreckenraketen

1989

- Die DDR öffnet ihre Grenzen
- Blutbad auf dem Platz des Himmlischen Friedens in Peking
- Demokratisierungskurs im gesamten Ostblock
- »Exxon Valdez«: Ölpest vor Alaska

◀ Steffi Graf, Ende der 80er Jahre einsame Nummer eins im Frauen-Tennis

Montag 10. März

Politik

Aus einem sinkenden Boot bergen Helfer des deutschen Rettungsschiffes »Cap Anamur« 214 Menschen. Sie gehören zu den Abertausenden, die aus Vietnam geflohen sind. Mit knappen Nahrungs- und Wasservorräten versuchen sie, in kleinen Booten ins nicht-kommunistische Ausland zu kommen. Das seit 1979 eingesetzte Rettungsschiff kann einen kleinen Bruchteil der Flüchtlinge vor dem Tod retten. Bis 1982 nimmt es über 9000 Menschen an Bord. Seit der Wiedervereinigung von Nord- und Südvietnam 1976 herrschen politische Unterdrückung und Verfolgung.

Kultur

Kurz vor ihrem 84. Geburtstag stirbt in München die große deutsche Schauspielerin Olga Tschechowa. In den 30er und 40er Jahren war sie auf die Rolle der mondänen Dame abonniert. In späteren Jahren spielte sie überzeugend den Typ der starken Frau.

Wetter

Verhangen und kühl gibt sich der März 1980. Bei durchschnittlich 2,6 °C bleibt das Quecksilber 1,3 °C unter dem langjährigen Mittel, und statt der 151 erwarteten Stunden Sonne sind es nur 108.

1981

Dienstag 10. März

Politik

Die legendäre Fremdenlegion feiert in Frankreich ihren 150. Geburtstag. Sie wurde 1831 vom »Bürgerkönig« Louis Philippe ins Leben gerufen. Die Eliteeinheit, die einst die Aufgabe hatte, das französische Kolonialreich zu bewachen, nimmt Männer aus aller Welt auf. Zuletzt kämpften die Trup-pen im Algerienkrieg (1954–1962). Seit der Un-abhängigkeit Algeriens und der Befreiung der meisten anderen Kolonien verliert die für ihre Härte bekannte Söldnertruppe rapide an Bedeutung.

Sport

Zur Ruhe setzt sich der deutsche Rennfahrer Jochen Mass, der zwischen 1973 und 1980 insgesamt 97 Grand-Prix-Rennen fuhr. Den Höhepunkt seiner Karriere erreichte er bei seinem Grand-Prix-Sieg in Spanien 1975.

Nach 273 Fahrstunden bei neun Fahrlehrern und etlichen Prüfungsschlappen gibt die Britin Betty Tudor den Traum vom Führerschein auf. Zur Erleichterung aller teilt sie mit, sie werde aufs Moped umsteigen.

Wetter

Frühlingshaft warm, aber auch feucht ist der März 1981. Mit 6,9 °C liegen die Temperaturen im Schnitt 3 °C über dem langjährigen Mittel. 117 mm Regen bringen dreimal soviel Nässe wie gewohnt.

Mittwoch 10. März

Politik

Einen äußerst umstrittenen Gast empfängt der österreichische Bundeskanzler Kreisky. Der libysche Revolutionsführer Gaddhafi trifft zu einem viertägigen Besuch in Wien ein. Während sich das gesamte westliche Ausland einschließlich der USA über den Empfang für den »Drahtzieher des internationalen Terrorismus« beschwert, bleibt Kreisky gelassen. Er will die Neutralität Österreichs nutzen, um eine Mittlerrolle einzunehmen. Gaddhafi kam 1969 durch einen Putsch an die Macht und verfolgt seither einen eigenwillig-antiwestlichen Kurs. Die USA werfen Gaddhafi vor, Terroranschläge gegen den Westen zu unterstützen.

Politik

Der alte und neue Premierminister tritt in Irland sein Amt an. Der Geschäftsmann Charles Haughey, der erst 1981 als Staatsoberhaupt zurückgetreten war, wurde gestern wiedergewählt.

Wetter

Ziemlich normal präsentiert sich der März 1982. 32 mm Niederschlag und 164 Sonnenscheinstunden liegen in der Nähe der langjährigen Mittelwerte für den Monat, die mit 5,2 °C bei der Temperatur überschritten werden.

Donnerstag 10. März

Politik

Das umstrittene Kernkraftwerk Brokdorf erhält von der Landesregierung Schleswig-Holstein die wasserrechtliche Betriebsgenehmigung. Damit ist ein weiterer Schritt zur Vollendung des AKW getan. Seit Mitte der 70er Jahre ist der Bau geplant, wurde aber zwischenzeitlich durch die massiven Proteste von Atomkraftgegnern aufgehalten. Im Herbst 1986 wird Brokdorf gegen alle Widerstände als weltweit erstes Atomkraftwerk nach der Reaktorkatastrophe von Tschernobyl im April desselben Jahres in Betrieb genommen.

Sport

Zum ersten Mal gewinnt mit Peter Angerer ein bundesdeutscher Sportler den Weltcup im Biathlon-Wettbewerb. Mit 143 Punkten liegt er in Antholz klar vor seinem Konkurrenten aus Norwegen.

Stars der 80er Jahre

Richard Gere
Filmschauspieler
Madonna
Sängerin
Harrison Ford
Filmschauspieler
Jodie Foster
Filmschauspielerin
Michael Jackson
Sänger

Wetter

Feuchtes Wetter bringt der März 1983. Mit 5,4 °C liegt die Durchschnittstemperatur über dem langjährigen Mittel (3,9 °C); die Sonne kann den Hochnebel nur 74 Stunden lang durchbrechen.

Samstag 10. März

Kultur

Tausende strömen in die neue Staatsgalerie in Stuttgart. Nach vier Jahren Bauzeit wurde das monumentale Museum gestern feierlich eröffnet und steht heute erstmals dem Publikum offen. Die architektonische Gestaltung übernahm der Schotte James Stirling, der als Hauptvertreter der sog. Postmoderne gilt. Dieser Baustil wendet sich vom unterkühlten nüchtern-glatten Nachkriegsstil ab, Zitiert frühere Stilepochen und setzt Formen und Farben spielerisch ein.

Politik

Lautstarken Protest erheben Frankreichs Motorradfahrer. In den Großstädten treffen sich Hunderte von »Bikern« und dröhnen mit ihren Maschinen durch die Straßen, um gegen die gestern verkündete Erhöhung der Versicherungsprämien für Motorräder zu demonstrieren.

Wetter

Ein normaler Wetterverlauf kennzeichnet den März 1984. Mit 2,9 °C ist es allerdings ein Grad kühler als gewöhnlich – trotz der 158 Sonnenscheinstunden.

Rekorde in den 80er Jahren

1500 m: S. Aouita (MAR) – 3:29,46 min (1985)
Stabhochsprung: Sergej Bubka (URS) – 6,00 m (1985)
100 m: Florence Griffith (USA) – 10,49 sec (1988)
Hochsprung: Javier Sotomayor (CUB) – 2,44 m (1989)

Sonntag 10. März

Politik

Einen schmerzlichen Einbruch muß die CDU bei den Landtagswahlen im Saarland hinnehmen. Zum ersten Mal seit fast 30 Jahren muß sie sich mit der Oppositionsrolle begnügen und die Regierungsgeschäfte der SPD überlassen. Die hatte dem eher blassen CDU-Ministerpräsidenten Zeyer einen Mann mit Ausstrahlung, Oskar Lafontaine, entgegengestellt. Als Ursache für den Wahlsieg der SPD gilt die leicht grün eingefärbte Querdenker-Politik des gebürtigen Saarländers, die der Partei zusätzliche Wähler aus dem Ökolager verschaffte.

Sport

Star der diesjährigen Weltmeisterschaften im Eiskunstlauf in Tokio ist die DDR-Sportlerin Katarina Witt. Von westlichen Journalisten als das »schönste Gesicht im Sozialismus« gefeiert, belegt sie den ersten Platz. 1984 wurde sie Europa- und Weltmeisterin und Olympiasiegerin.

Wetter

Enttäuschend wenig Sonne bringt der März 1985. Die 71 Sonnenstunden sind nicht einmal die Hälfte des langjährigen Mittelwertes (151). Dennoch liegt die Durchschnittstemperatur mit 3,7 °C im Normalbereich.

Montag 10. März

Gesellschaft

Dem Trend zum »Fachidioten« wollen Pädagogen und Wissenschaftler entgegenwirken, die sich in Heidelberg zu einem Kongreß über das deutsche Erziehungswesen einfinden. Sie bemängeln, daß Schüler und Studenten über eine immer kläglichere Allgemeinbildung verfügen, während sie in ausgesuchten Bereichen Spezialkenntnisse ansammeln. Diesen Trend fördert die bundesdeutsche Bildungspolitik seit Anfang der 70er Jahre. 1972 wurde die gymnasiale Oberstufe reformiert. Statt einheitlichem Unterricht wurde ein System aus Kursen angeboten, die sich die Schüler nach Interessenschwerpunkten aussuchen können. 1987 werden Teile der Reform zurückgenommen.

Technik

Farbaufnahmen des Halleyschen Kometen sendet die japanische Raumsonde »Sakigake« zur Erde. Der Komet, der in diesem Jahr unser Sonnensystem durchquert, wurde bereits von zwei sowjetischen Raumschiffen besucht.

Wetter

Westwinde bringen Regen im März 1986. Mit 58 mm Niederschlag und nur 111 Sonnenstunden ist das Wetter schlechter als im Schnitt.

Dienstag 10. März

Politik

Zur 750-Jahr-Feier Berlins lädt der im Westteil regierende Bürgermeister Diepgen DDR-Chef Honecker ein. Der weist die Einladung wegen »verleumderischer Ausfälle« zurück. Damit meint er die Empfehlung Diepgens an die BRD-Länderchefs, an den Feierlichkeiten in Ostberlin nicht teilzunehmen. Als dann Ende April die Feiern beginnen, setzt Diepgen der Affäre die Krone auf, indem er ungeladen nach Ostberlin fährt und an einer Feierstunde teilnimmt.

Politik

Betrügerische Devisengeschäfte werden hinter der Fassade der Volkswagen AG betrieben. Der Vorstand gibt bekannt, durch illegale Termingeschäfte 480 Millionen DM verloren zu haben. Der Hauptverdächtige ist geflohen.

Preise in den 80er Jahren

1 kg Butter	9,44
1 kg Mehl	1,36
1 kg Fleisch	11,83
1 l Vollmilch	1,22
1 Ei	0,26
10 kg Kartoffeln	8,84
1 kg Zucker	1,94
Stundenlohn	17,23

in DM, Stand 1985

Wetter

Die Kältewelle des Winters 1987 setzt sich in den März hinein fort. Gerade einmal 0,4 °C weist der Temperaturschnitt des Monats auf. Das langjährige Mittel beträgt 3,9 °C.

Donnerstag 10. März

Auffällig unauffällig: So stellt sich die lässige Frau der 80er ihre Mode zusammen

Politik

Ein deutsches Kulturzentrum öffnet in Budapest, der Hauptstadt Ungarns seine Pforten. Bundesaußenminister Genscher hält die Einweihungsrede. Damit hat die BRD bereits zwei kulturelle »Stützpunkte« im sog. Ostblock. Erst kürzlich wurde das erste Kulturzentrum in Rumänien eingerichtet. Ihre Funktion als »unpolitische« Brücke zur BRD wird schon bald überflüssig. Beide Länder befreien sich 1989/90 von der kommunistischen Herrschaft und setzen demokratische Regierungen ein, die Kontakte zur Bundesregierung knüpfen.

Kultur

Die Filmkomödie »Ödipussi« zieht Tausende in die Kinos. Nach seiner gestrigen Premiere in Berlin läuft der Loriot-Film heute bundesweit an.

Wetter

Verregnet und wolkig verweigert der März 1988 den Frühlingsbeginn. Mit 2,9 °C ist es 1 °C kälter als im langjährigen Mittel. 72 mm Niederschlag (31 mm sind normal) trüben die Stimmung.

Freitag 10. März

Politik

Das freie Wochenende ist gerettet. Die Vertreter der deutschen Druckindustrie legen einen neuen Tarifvertrag vor, in dem die Arbeit am Samstag und Sonntag grundsätzlich ausgeschlossen ist. Allerdings wird die Klausel durch einen kleinen Zusatz aufgeweicht. Darin heißt es, Ausnahmen seien erlaubt, wenn es dringend erforderlich ist. Anfang März traten zahlreiche Beschäftigte im Druckgewerbe in den Streik, um die Einführung der Wochenendarbeit zu verhindern.

Politik

Gegen den Internationalen Währungsfonds (IWF) richtet sich Honduras. Die Regierung lehnt die geforderten Sparmaßnahmen ab, die der IWF zur Vorbedingung für weitere Kredite erklärte. Die Organisation gewährt kurzfristig Gelder, verlangt dafür aber auch einschneidende Einsparungen.

Leger und bequem: Herrenmode im Oversize-Stil mit Jackenmantel

Wetter

Die Wärmeperiode der Vormonate hält im März 1989 an. 7,2 °C bedeuten eine positive Abweichung vom langjährigen Mittel um 3,3 °C.

Highlights des Jahrzehnts

1990

- Wiedervereinigung Deutschlands
- Südafrika: Nelson Mandela nach 27jähriger Haft freigelassen
- Irakische Truppen überfallen das Emirat Kuwait
- Gewerkschaftsführer Lech Walesa neuer polnischer Präsident
- Litauen erklärt Unabhängigkeit
- Deutsche Fußballnationalelf zum dritten Mal Weltmeister
- Star-Tenöre Carreras, Domingo und Pavarotti treten gemeinsam auf

1991

- Alliierte befreien Kuwait und beenden Golfkrieg
- Auflösung des Warschauer Pakts
- Bürgerkrieg in Jugoslawien
- Auflösung der Sowjetunion – Gründung der GUS
- Sensationeller archäologischer Fund: »Ötzi«
- Vertrag von Maastricht
- Sieben Oscars für Kevin Costners »Der mit dem Wolf tanzt«
- Bürgerkrieg in Somalia
- Frieden im Libanon

1992

- Abschaffung der Apartheid-Politik in Südafrika
- Entsendung von UNO-Blauhelmsoldaten nach Jugoslawien
- Tod des ehemaligen Bundeskanzlers Willy Brandt
- Bill Clinton zum 42. US-Präsidenten gewählt
- In Hamburg wird mit Maria Jepsen zum ersten Mal eine Frau Bischöfin
- Fertigstellung des Rhein-Main-Donau-Kanals

1993

- Teilung der ČSFR in die Tschechische und die Slowakische Republik
- Rechtsradikale Gewaltakte gegen Ausländer
- Gaza-Jericho-Abkommen zwischen Israel und der PLO
- Skandal um HIV-Blutplasma
- Einführung von fünfstelligen Postleitzahlen im Bundesgebiet
- Sexskandal um Pop-Star Michael Jackson

1994

- Nelson Mandela erster schwarzer Präsident Südafrikas
- Fertigstellung des Eurotunnels unter dem Ärmelkanal
- Über 900 Todesopfer beim Untergang der Fähre »Estonia«
- Abzug der letzten russischen Truppen aus Berlin
- Michael Schumacher erster deutscher Formel-1-Weltmeister

1995

- Weltweite Proteste gegen französische Atomversuche im Pazifik
- Giftgasanschlag in Tokio
- Einführung von Pflegeversicherung und Solidaritätszuschlag
- Verpackungskünstler Christo verhüllt den Berliner Reichstag
- Ermordung des israelischen Regierungschefs Yitzhak Rabin
- Friedensvertrag für Bosnien

1996

- Arafat gewinnt Wahlen in Palästina
- IRA kündigt Waffenstillstand auf
- 100 Jahre Olympia: Jubiläumsspiele der Superlative in Atlanta

◀ **Magic Johnson, Star des Basketball-»Dream Teams« aus den USA**

Samstag 10. März

Politik

Die Herrschaft der Militärs endet in Haiti zumindest vorläufig. General Avril, der sich 1988 an die Macht putschte, tritt zurück. Aus den Neuwahlen geht der Theologe und Priester Jean-Bertrand Aristide hervor, auf den die notleidende Bevölkerung große Hoffnungen setzt. Schon nach wenigen Monaten wird er jedoch gestürzt. Erneut übernimmt das Militär die Macht. 1994 kehrt Aristide mit Unterstützung der UNO und der USA zurück.

Sport

Als strahlende Siegerin geht die US-Amerikanerin Jill Trenary aus den Eiskunstlauf-Weltmeisterschaften in Halifax (Kanada) hervor. Ihren Sieg verdankt sie dem perfekten Pflichtprogramm, während sie in der Kür eher guten Durchschnitt bietet. Die Aufteilung in Pflicht und Kür wird für die Zukunft gestrichen. Nur noch die kreative Kür-Leistung soll über die Wertung entscheiden.

Wetter

Weniger Sonne als gewöhnlich (151 Stunden) bietet der März in diesem Jahr mit seinen 115 Stunden Sonnenschein. Trotzdem steigen die Monatstemperaturen auf 7,9 °C – das sind 4 °C mehr, als der Mittelwert verlangt.

Sonntag 10. März

Politik

Die Rechten setzen sich in El Salvador durch. Bei Parlamentswahlen bleibt die rechtsextreme ARENA-Partei unter Präsident Cristiani stärkste Partei. Er löste 1989 den von den USA gestützten Präsidenten Duarte ab und bemüht sich seither um die Beendigung des Bürgerkriegs zwischen links- und rechtsgerichteten Guerillaorganisationen, der seit 1979 über 75 000 Menschenleben forderte. 1992 gelingt Cristiani ein Friedensschluß mit den Guerillas.

Stars der 90er Jahre

Kevin Costner
Filmschauspieler
Julia Roberts
Filmschauspielerin
Whitney Houston
Sängerin
Michael Schumacher
Rennfahrer
Luciano Pavarotti
Sänger

Sport

Die Formel-1-Saison beginnt für Ayrton Senna mit einer Siegesfeier. Vor seinem französischen Konkurrenten Alain Prost geht der Brasilianer auf seinem McLaren beim Grand Prix der Vereinigten Staaten in Phoenix/Arizona durchs Ziel.

Wetter

Nach einem milden Winter bringt der März 1991 rasch den Frühling. Der Temperaturdurchschnitt von 6,9 °C liegt 3 °C über dem langjährigen Mittel.

Dienstag 10. März

Rekorde in den 90er Jahren

Weitsprung: Mike Powell (USA) – 8,95 m (1991)
110 m Hürden: Colin Jackson (USA) – 12,91 sec (1993)
Skifliegen: E. Bredesen (NOR) – 209 m (1994)
Dreisprung: J. Edwards (GBR) – 18,29 m (1995)

Politik

Ein erfahrener Staatsmann übernimmt die Führung im schwer erschütterten Georgien. Der ehemalige Außenminister der Sowjetunion, Eduard Schewardnadse, wird Chef des Staatsrats. Georgien, seit 1991 unabhängig, wurde bislang von Gamsachurdia diktatorisch regiert, dem es nicht gelang, die Kämpfe der Südosseten und Abchasen um ihre Souveränität zu beruhigen.

Gesellschaft

Die russische Regierung ist empört. Ihr flattern Tausende von makaberen Angeboten aus den USA auf den Tisch. Die Absender wollen den Leichnam des Staatsgründers Lenin kaufen. Sie beziehen sich auf eine »Ente« des US-Magazins »Forbes«, wonach die Russen Lenin loswerden wollten.

Wetter

Mit gerade 103 Sonnenstunden enttäuscht der März 1992 und bleibt um fast ein Drittel hinter dem langjährigen Durchschnitt zurück. Entsprechend regnerisch ist es mit 79 mm Niederschlag (langjähriges Mittel 31 mm).

Mittwoch 10. März

Politik

Schweizer Frauen auf dem Vormarsch. Zum zweiten Mal in der Geschichte des Landes gelangt eine Frau in den Bundesrat. Die Sozialdemokratin Ruth Dreifuss wird von 144 Männern zur Außenministerin gewählt als Nachfolgerin von René Felber. Der Nominierung der 53jährigen Gewerkschafterin ging ein zähes Ringen voraus. Die Schweiz, die erst seit 1971 das Frauenwahlrecht kennt, tut sich nach wie vor schwer mit der Gleichberechtigung.

Politik

Nach 28jähriger Herrschaft läßt sich der indonesische Staatspräsident Suharto wiederwählen. Ihm verdankt das Land zwar seinen wirtschaftlichen Aufschwung, jede Form von politischer Opposition wird jedoch von Suharto unterdrückt.

Preise in den 90er Jahren

1 kg Butter	8,20
1 kg Mehl	1,21
1 kg Fleisch	12,85
1 l Vollmilch	1,33
1 Ei	0,27
10 kg Kartoffeln	10,30
1 kg Zucker	1,92
Stundenlohn	24,91

in DM, Stand 1993

Wetter

So normal ist das Wetter selten wie im März 1993. Die Regenmenge von 35 mm, die 145 Sonnenstunden und die 4,5 °C Durchschnittstemperatur entsprechen jeweils fast den langjährigen Mittelwerten für den Monat.

Donnerstag 10. März

Politik

Einen Ansturm muslimischer Extremisten erlebt das Gefängnis der algerischen Stadt Tazoult. Rund 900 muslimische Häftlinge werden befreit. Seit 1991 verschärft sich der Kampf der islamischen Fundamentalisten in Algerien. Ihre Partei, die FIS, gewann damals die Parlamentswahlen, wurde aber von Militärs daran gehindert, die Amtsgeschäfte zu übernehmen. Der Versuch der FIS, sich politisch durchzusetzen, eskaliert seither im Terror, dem bereits mehr als 30 000 Menschen zum Opfer fielen.

Krawatte ist kein Muß mehr: Anzug mit zweireihigem Sakko

Politik

Der Übergang zur Demokratie ist in Südafrika von Unruhen begleitet. Der Stamm der Zulu fordert eine selbständige Monarchie und weigert sich, an den Wahlen teilzunehmen, mit denen die schwarze Bevölkerungsmehrheit nach 40jähriger weißer Unterdrückung die Macht übernimmt.

Wetter

Reichlich Regen beschert der März 1994 mit 95 mm Niederschlägen. Dabei ist es mit 6,2 °C über zwei Grad zu warm.

Freitag 10. März

Politik

Die Ära Karamanlis geht zu Ende. Der 88jährige griechische Staatspräsident gibt sein Amt an Konstantinos Stephanopulos ab. Karamanlis war 1955 bis 1963 und 1974 bis 1980 Regierungschef seines Landes. Sein größtes Verdienst war die Aufnahme Griechenlands in die Europäische Gemeinschaft. 1980 und 1990 übernahm er das Amt des Präsidenten für jeweils fünf Jahre. Der 69jährige Stephanopulos von der sozialistischen Regierungspartei PASOK gilt als unbestechlicher Staatsmann.

Für die heißen Sommer der 90er Jahre: Kleid mit Bustieroberteil

Politik

Ein Bombenanschlag auf eine schiitische Moschee in Karatschi macht die Welt auf den Krisenherd in Pakistan aufmerksam. Die Hafenstadt wird seit 1994 von Kämpfen zwischen sunnitischen und schiitischen Muslimen erschüttert, denen bereits über 1000 Menschen zum Opfer fielen.

Wetter

Der Frühling stellt sich auch in diesem Jahr regenreich ein. Es fallen 54 mm Niederschlag.

Sonntag 10. März

Montag 10. März

Montag 10. März

Emily Pauline Johnson

***10.3.1862 Ontario (Kanada)**

Als Indianer-Dichterin ging Emily Pauline Johnson in die Literaturgeschichte ein. Ihre ersten Gedichte, die sie als 33jährige schrieb, wurden unter dem Titel »White Wampun« veröffentlicht. Die Dichterin gehörte dem Stamm der Mohawk-Indianer an und wuchs in einem Reservat in Ontario auf. Sie schrieb bis zu ihrem frühen Tod 1913 weitere Gedichte, in denen sie die indianischen Traditionen und Weisheiten verarbeitete. Im Jahr 1912 erschienen unter dem Titel »Flint and Feather« ihre gesammelten Werke.

Donnerstag 10. März

Jupp Derwall

***10.3.1927 Würselen**

Den ersten großen Erfolg seiner Karriere als Trainer der deutschen Fußball-Nationalmannschaft errang Derwall 1980, als die deutsche Elf im Spiel gegen Belgien mit einem 2:1 Europameister wurde. Derwall hatte 1978 die Nachfolge von Helmut Schön angetreten. Bei der Fußballweltmeisterschaft 1982 erreichte die deutsche Mannschaft unter seiner Betreuung immerhin den zweiten Platz. Zwei Jahre später ging jedoch der Europameistertitel verloren, Jupp Derwall mußte »abdanken« und ging für vier Jahre zu Galatasary Istanbul.

Donnerstag 10. März

Paul Wunderlich

***10.3.1927 Eberswalde/Mark Brandenburg**

Wunderlichs neosurrealistische Bilder, die seit Beginn der 60er Jahre große Verbreitung finden, sind besonders von dem spanischen Maler Salvador Dalí beeinflußt. Häufig wählt er mythologische Themen für seine Bilder, die von den Fotoarbeiten seiner Frau Karin Szekéssy inspiriert sind. Die Serie »Das Hohelied Salomos« (1969) wurde eine seiner berühmtesten. Seit Ende der 60er Jahre wendet sich Wunderlich auch der Plastik zu. Er schuf eine Reihe von Bronze-Objekten, die sich ebenso wie seine Malerei durch stilistische Vielfalt auszeichnen.

Freitag 10. März

Chuck Norris

***10.3.1939 Ryan**

Der Karate-Weltmeister im Mittelgewicht startete Ende der 60er Jahre seine Filmkarriere als Action-Star. Seinen ersten Erfolg feierte er in »The Wrecking Crew« (1968). Es folgte ein Action-Streifen nach dem anderen, mit Norris in der Hauptrolle. Anfang der 80er Jahre konnte er auf 18 Filme zurückblicken. Den Höhepunkt seiner Karriere erreichte er mit dem Dreiteiler »Missing in Action« (1983 – 1988). Danach wurde es ein wenig ruhiger um den inzwischen über 50jährigen Norris. Zuletzt spielte er in »Top Dog« (1995) die Hauptrolle.

Donnerstag 10. März

Marianne Rosenberg

***10.3.1955 Berlin**

Kaum eine anderer Schlagerstar wird so wie Marianne Rosenberg von Alt und Jung verehrt. Als 14jährige sang sie schlichte Schlager mit tragikomischen Texten. Nummern wie »Er gehört zu mir« wurden Dauerbrenner. Anfang der 80er Jahre wollte die »Schnulzen« niemand mehr hören, auch Rosenberg selbst nicht. Sie sang in einer Frauenband und beschäftigte sich mit Kleinkunst. Doch dann geschah das Unerwartete. Die Kids der 90er entdeckten die Rosenberg der 70er wieder. Ihre Schlager wurden plötzlich zur Kultmusik.

Impressum

Autor:	Brigitte Esser, Sonsbeck-Labbeck
Redaktion:	Ingrid Reuter, Dortmund
Bildredaktion:	Sonja Rudowicz
Umschlaggestaltung und Layout:	Pro Design, München
Satz:	Böcking & Sander, Bochum
Druck:	Brepols, Turnhout

Abbildungsnachweis: Cinetext, Frankfurt a.M.: 131; dpa, Frankfurt a.M.: 129; National Archives of Canada, Ottawa: 128; Public Address, Hamburg: 132; Werek, München: 130.
Modefotos 1900-30er Jahre, Damenmode 40er Jahre, Damenmode 50er Jahre: Bertelsmann Lexikon Verlag, Gütersloh; Modefotos Herrenmode 40er Jahre, Herrenmode 50er Jahre, 60er-90er Jahre: Prof. Dr. Ingrid Loschek, Boxford.
Alle übrigen Abbildungen: Bettmann Archive/UPI/Reuters/John Springer Coll., New York.

Trotz größter Sorgfalt konnten die Urheber des Bildmaterials nicht in allen Fällen ermittelt werden. Wir bitten gegebenenfalls um Mitteilung.

ISBN 3-577-30310-7

Vom 1. Januar bis zum 31. Dezember

Individuelle Bücher – für jeden Tag des Jahres eines. Mit allen wichtigen Ereignissen, die sich genau an diesem besonderen Tag während der Jahre unseres Jahrhunderts zugetragen haben. Doch trotz all der großen Ereignisse des Weltgeschehens – es gibt immer auch persönlich wichtige Daten für jeden einzelnen Menschen, sei es ein Geburtstag, Hochzeitstag, Erinnerungstag oder der Tag, an dem eine entscheidende Prüfung bestanden wurde. So wird aus einem Tag im Spiegel des Jahrhunderts zugleich auch ein »persönlicher« Tag. Und endlich gibt es für all diese Anlässe das richtige Buch, das passende Geschenk!

Persönliches Horoskop

Was sagen die Sterne zu den jeweiligen Tagen? Außerdem erfahren Sie, welche bekannten Menschen unter dem gleichen Sternzeichen geboren wurden.

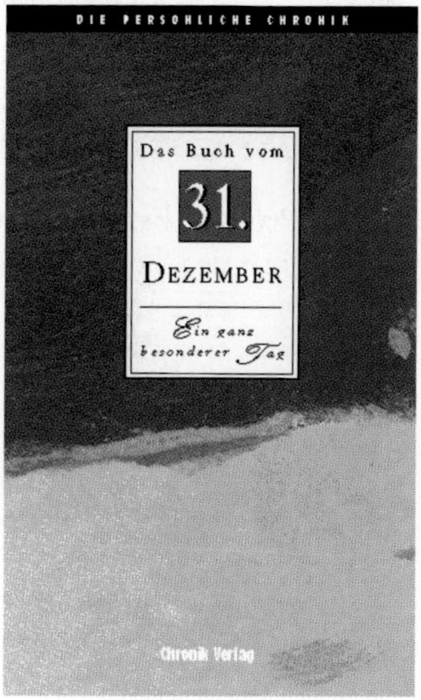
DIE PERSÖNLICHE CHRONIK
Das Buch vom
31.
DEZEMBER
Ein ganz besonderer Tag
Chronik Verlag

CHRONIK-BIBLIOTHEK DES 20. JAHRHUNDERTS

Von 1900 bis zur Gegenwart

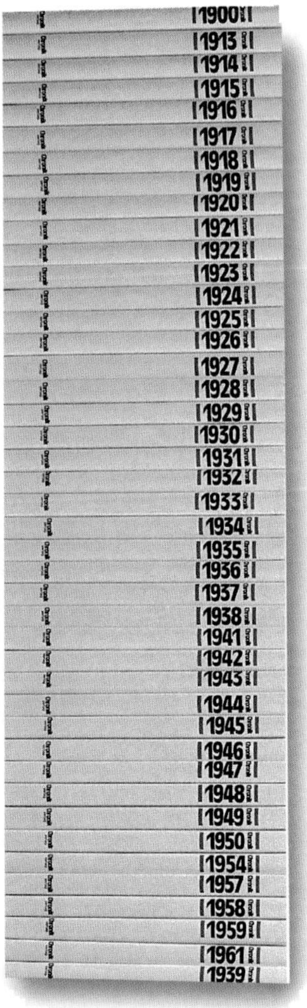

Die »Chronik-Bibliothek« ist die umfassende Dokumentation unseres Jahrhunderts. Für jedes Jahr gibt es einen eigenen, umfangreichen und zahlreich – überwiegend farbig – bebilderten Band. Tag für Tag wird dabei das Weltgeschehen in Wort und Bild nachgezeichnet – jetzt lückenlos bis an die Gegenwart. Sie können das jeweilige Jahr in chronologischer Folge an sich vorüberziehen lassen, aber die »Chronik« auch als Nachschlagewerk oder als Lesebuch benutzen. Ein prachtvolles Geschenk – nicht nur für Jubilare. Und wer die »Chronik-Bibliothek« sammelt, erhält ein Dokumentationssystem, wie es in dieser Dichte und Genauigkeit sonst nicht zu haben ist.